话说浙江·宁波

四明三千里

丛书编写组 编

浙江古籍出版社

编纂指导工作委员会

主　任：赵　承
副主任：来颖杰　虞汉胤
成　员：（按姓氏笔画排序）
　　　　丁如兴　邓　崴　申中华　叶伯军　叶国斌
　　　　吕伟强　刘中华　芮　宏　张东和　金　彦
　　　　施艾珠　黄海峰　程为民　潘军明

专家指导委员会

主　任：陈尚君
成　员：（按姓氏笔画排序）
　　　　吴　蓓　尚佐文　陶　然　葛永海

本册编写人员（按姓氏笔画排序）

　　　　刘晓峰　李必能　李亮伟　杨文钰　杨成虎
　　　　吴雨辰　张如安　袁志坚

总　序

中国诗歌源远流长，姿态丰盈，溯其初始，皆以《诗三百》为中原之代表，以《楚辞》为南方的代表，浙江偏处东南，似皆无预。其实，万年上山遗址被誉为"远古中华第一村"，良渚遗址是实证中华五千多年文明史的圣地，越州禹庙的存在，知古越人对以编户齐民到三皇五帝传说之形成，也不遑多让。越地保存的《弹歌》："断竹，续竹；飞土，逐宍。"记录初始人民与百兽竞逐的生存状态，有可能是中国保存最早的古诗。而时代不晚于战国的《越人歌》，以"山有木兮木有枝，心说君兮君不知"的天籁之音，表达古越人两心相悦、倾情诉述的真意。从南朝时期的《阿子歌》《钱唐苏小歌》中，还能体会到古越民歌这种明丽之声的赓续和弘传。

秦并六国，天下设郡，会稽郡为三十六郡之一，也为越地州郡之始。到有唐一代，今浙江境内设有十州，虽历代区划皆有调整，省境规模大致底定。十一市的格局虽确定于晚近，但各市历史上无论称郡称州称府，无不文明昌盛，文士群出，文化发达，存诗浩瀚。就浙江在中华文化版图中日显昭著的地位而言，我们可以提到几个很特殊的时期。一是西晋末永嘉南渡，大批中原士族客居江南，侨居越中，越中山水秀丽，跃然于文化精英的笔端："千岩竞秀，万壑争流，草木蒙笼其上，若云兴霞蔚。"山阴道上，剡溪沿流，留下大量珍贵记录。南北对峙，南朝绵续，越地经济发展，景观也广为世知。二为唐代安史乱后，士人南奔，实现南北文化的再度融合。中唐伟大诗人白居易、韩愈、柳宗元、刘禹锡皆出身于北方文化世家，但出生或成长在江南。浙江东西道之设置将今苏南、浙江之地分为两道，其文化昌盛、诗歌丰富，已不逊于中原京洛一带。三是唐末大乱，钱镠祖孙三代割据吴越十四州，出身底层而向往士族文化，深明以小事大之旨，安定近百年，不仅使其家族成为千年不败、人才辈出的文化世家，也为吴越文化造就无数人才。四是靖康之变，宋室南渡，定都临安即今杭州，更使浙江成为全国的政治经济文化中心。此后九百年，浙江在全国举足轻重的地位，历经江山鼎革，人事迁变，始终没有动摇。

浙江人杰地灵，文化繁荣，山水奇秀，集中体现在每一时代、每一州郡，皆曾出现过一流人物，不朽著作，杰出诗篇。"诗话浙江"的编著，即以省内十一市域各为单元，选编历代最著名的诗篇，以在地的立场，重视本籍诗人，也不忽略游宦客居之他籍人士，务求反映本土之风光人情，家国情怀，文化地标，亲历事变，传达省情乡情，激发文化自信，培养乡土情怀，增进地方建设。

唐人元稹有"天下风光数会稽"（《寄乐天》）之句，引申说天下山水数浙江，应该不会有人反对。东晋孙绰《游天台山赋》以全景式的鸟瞰写出天台山之俊奇雄秀，王羲之约集家人朋友高会兰亭，借山水寄慨，是越中诗赋写山水之杰作。广泛游历，寄情山水，留下众多诗篇的刘宋大诗人谢灵运，以诗作为山水赋予了灵魂。本套丛书中杭州、绍兴、台州、温州、丽水、金华诸册，皆收有谢诗，如"林壑敛暝色，云霞收夕霏"之绚烂，"白云抱幽石，绿筱媚清涟"之妩媚，"明月在云间，迢迢不可得"之企羡，"池塘生春草，园柳变鸣禽"之惊喜，"乱流趋正绝，孤屿媚中川"之特写，"石浅水潺湲，日落山照曜"之素描，"崖倾光难留，林深响易奔"之观察，无不在瑰丽山川描摹中投入自己的真实情感，开创了山水诗的无数法门。此后的历代诗人，无论名气大小，游历深浅，无不步武谢诗，传达独到的观察与体悟，留下不朽的诗篇。

浙江各市皆有标志性的名山秀水，且因历代官民之开拓建设，历代文人之歌咏加持，而得名重天下。以旧州名言，台州得名于天台山；明州得名于四明山；处州本名括州，因括苍山得名，避唐德宗名而改；湖州得名于太湖。南湖烟雨，孕育出以朱彝尊为代表的浙西词派。西湖名重天下，离不开白居易和苏轼两位大诗人任职时的建设疏浚，更因他们写下无数脍炙人口的名篇而广为世人所知。有些名山云深道险，如雁荡山，弘传最有功者为唐末诗僧贯休，以兰溪人而得广涉东瓯名山，"雁荡经行云漠漠，龙湫宴坐雨蒙蒙"（《诺矩罗赞》）二句极其传神，此后方为世重。类似例子还有很多，读者可从全套丛书中细心阅读，会心感悟。

其实，山灵水秀触发了诗人的灵感，诗人的名篇也促使了人文景观的升华。兰亭是众所瞩目的名胜，还可以举几个特别的例子。南朝诗人沈约出任东阳太守期间，在金华建玄畅楼，常登楼观景抒情，更特别的是他还写了与楼相关的八首抒情长诗，世称《八咏诗》，名重天下，后人更将玄畅楼改名八咏楼，成为有名的故事。衢州烂柯山又名石桥山、石室山，因南朝任昉《述异记》云东晋王质入山砍柴迷路，遇二童子对弈，着迷而耽搁许久，欲归而发现斧柄已烂，从此有烂柯之名，且因此而成为围棋仙地。缙云仙都山以鼎湖峰最为著名，因其拔地而起高达一百七十多米的石柱而备受关注，传为黄帝置鼎炼丹或飞升处而知名，更成为国内著名的黄帝祭祀地，历代相关诗歌也很多。在历代诗人的共同努力下，浙江各市皆形成了有全国重大影响的山水名区与文化地标。近年在国内外有重大影响的浙东唐诗之路，借用唐代诗人宋之问《题杭州天竺寺》"待入天台路，看予度石桥"所言，即其起点是杭州（也有说法具体到渔浦潭），东行经绍兴、上虞，至剡溪经新昌、嵊州，目的地是天台山，沿途著名景点有镜湖、曹娥庙、大佛寺、天姥山、沃洲山、石梁飞瀑、国清寺等。六朝至唐的另一条诗路，则是从杭州溯钱江而上，经富阳、桐庐、兰溪、金华、丽水、青田而到温州，沿途名区也不胜枚举。近年经学者研究，唐诗之路其实遍布浙江的各个由水路和陆路形成的人文景观，在古迹复原、石刻调查、摩崖寻拓、驿路搜索等方面，都有许多新的发现，在此不能一一叙述。

浙江民风淳朴，勤劳奋发，但也有慷慨悲歌、报仇雪耻的另一面。春秋时代的吴越相争，槜李之战就发生在今嘉兴。后越王勾践在国破家亡之际，忍辱负重，卧薪尝胆，终得复国。浙江历代无数仁人志士，为国家民族生存，为乡邦安宁发展，曾做过许多可歌可泣的努力。舟山在浙江偏处边隅，有两段往事尤可称诵。一是南宋初金人南侵，宋高宗避地舟山，在海上漂泊数月，方得保存国脉。二是明清易代，浙东抗清武装退居海上，张煌言以身许国，以舟山为重要支点，坚持斗争，所作《翁洲行》倾诉了满腔爱国激情。同时陈子龙、顾炎武都有声援诗作。吴伟业所作《勾章井》写鲁王元妃的以身殉国，也可见其情怀所系。近代中国剧变，浙江受冲击尤剧，本书收入龚自珍、左宗棠、郭嵩焘、蔡元培、秋瑾、鲁迅等人诗作，分别可以看到有识之士在世变中对自改革的呼吁、守卫国家领土的努力、放眼看世界的鸿识、反抗清王朝的革命，以及创造新文化的勇气。虽然人非皆浙籍，诗或因他故，他们的功绩是应该记取的。

浙江海岸线漫长，自古即多良港，由于洋流的原因，日本遣唐使和学问僧多以越、明、台、温四州为到达和返国之地。名僧最澄、空海、圆仁、圆珍都在诸州广交友人，广参名僧，访求典籍，体悟佛法，归国后分别弘传天台宗和真言宗（空海在长安得法于青龙义操），写就中日文化交流的重要一笔。圆珍在中国的授法僧清观，曾寄诗圆珍，有"叡山新月冷，台峤古风清"（全篇不存）二句，传达中日佛教界的血脉亲情。宋元之间的一山一宁、无学祖元，再度东渡，在日本弘传临济禅法。至于儒学东传，特别要说到明清之际的朱之瑜（舜水），在长期抗清斗争失败后，他东渡日本，受到江户幕府的热忱接纳，开创水户学派，弘扬尊王攘夷的学说，成为日本后来明治维新的重要思想资源。至于宁波开埠以后西学的传入，也可从许多诗作中得到启示。

至于浙江对中国学术文化的贡献，可讲者太多，大多也可在本套丛书中读到。先从天台山说起。佛教天台宗创始于陈隋之际的智者大师智𫖮，其辨教思想与天台法理，皆使佛教中国化达到了空前高度。数传而不衰，更在日本发扬光大。天台道教则以桐柏宫为最显，司马承祯为宗师，与茅山、龙虎山并峙为江南三重镇。缙云道士杜光庭避乱入蜀，整理道藏，贡献巨大。寒山是天台的游僧，他书写于山岩石壁上的悟道喻世诗作，由道士徐灵府整理成集，流传不衰，并在现代欧美产生广泛影响。道士而为僧人整理遗篇，恰是三教和合的佳话。至于宋末元初三大家王应麟、胡三省、马端临，皆生长著述于浙东，而清初三大启蒙思想家中的黄宗羲也是浙人。黄宗羲子黄百家，更是中国弘传哥白尼日心学说之第一人。更应说到宋陆九渊、明王守仁倡导的儒家心学一派，明末影响巨大，至今仍受广泛注意。至于朱子后学如慈湖杨简、东发黄震，亦曾名重一时。本套丛书以介绍诗词为主，于学术文化亦颇有涉及，读者可加以关注。

浙江物产丰饶，各市县乡镇都有各自的特产与名品。如果举其大端，则为茶、绸、果、笋。茶圣陆羽是今湖北天门人，但他成名则在今湖州与江苏常州共有的顾渚茶山。陆羽不仅致力于茶的采摘与制作工序，更讲究茶的烹煮和水的选择，曾设计组合茶具套装。陆羽存诗不多，但湖州历代咏其茶艺之诗络绎不绝。白居易《缭绫》写越州所贡罗绡纨绮，有"应似天台山上月明前，四十五尺瀑布泉"的描述，进而质问："织者何人衣者谁？越溪寒女汉宫姬。"直至近代，湖丝、杭绸一直广销世界。浙江果蔬丰富，如余姚杨梅、黄岩蜜橘、嘉兴槜李、湖州莲子、绍兴荷藕，皆令人齿颊生津，品啖称快。竹林遍布浙江，既可采以制作器具，又可食其初笋而得天然美味。宋初僧赞宁撰《笋谱》，主要采样于天目山笋。古代文人以竹取其高雅，食笋更见其清新出俗，在诗中也多有表达。

本套丛书由中共浙江省委宣传部策划指导，十一个市委宣传部组织编写，由浙江古籍出版社出版。各市对地方文献及历代诗歌皆有长期积累与研究，故能在较快时间内完成书稿，数度改易增删，以期保证质量。然而从浙江历代浩瀚的典籍中选取为一般读者喜闻乐见的作品，叙述作者生平事迹，准确录文并解释，深入浅出地品赏分析，实在不是一件很容易的事情。出版社邀请省内专家审稿，提出问题疑点，纠正传本讹脱，皆已殚尽心力。比如明唐胄的《衢州石塘橘》诗中"画舫万笼燕与魏"，与下句"青林千顷鹿和狮"比读，初以为指牡丹，但"燕"字无着落，经反复查证，方知"燕与魏"指燕文侯、魏文帝关于柑橘的两个典故。再如文天祥经温州所写诗，通行本作"暗度中兴第二碑"，中兴碑当然指湖南浯溪颜真卿书元结《大唐中兴颂》，然"暗度"该作何解？经查明刻本《文山先生全集》收的《指南录》作"暗读"，诗意豁然明朗，即文天祥在人生最困难的时刻，仍然没有放弃奋斗的目标，希望大宋再度中兴。

  我们深知，作者与编辑发现并妥善解决的疑点，只是众多存疑难决问题中的一部分。整套书希望给读者提供一份浙江各地诗词的丰盛大餐，但烹制难以尽善尽美，肯定还有不足之处，敬俟读者批评指正，以期后续修订完善。

陈尚君

2024 年 11 月

前　言

　　宋代宁波大儒王应麟著有《诗地理考》，他在自序中说，"人之心与天地山川流通，发于声，见于辞，莫不系水土之风而属三光五岳之气。因诗以求其地之所在，稽风俗之薄厚，见政化之盛衰，感发善心而得性情之正"，以人心沟通天地山川之气，见证风俗政化之变，发现气质性情之真，故有诗之思、诗之言、诗之意。

　　一地有一地之诗。《四明三千里》中的古诗词，反映了四明大地的地名景观、地理空间、地方风物、地域文化。清人董沛在纂辑《四明清诗略》时发出了"四明固诗窟也"之赞誉。自唐至清，数量可观的宁波古诗词不仅蓄积了前人的生命情感、人格修养和气度襟怀，而且建构了宁波人文地理的维度、场域和格局：海陆山河，如筋骨气血，成为宁波古诗词的常见意象、不竭题材和文化语境、精神载体。

　　四明山是宁波古诗词的显著地标。"浙东唐诗之路"由剡中至四明，四明山水是引人入胜的道家山水。李白的"四明三千里，朝起赤城霞"，登高望海，气势恢宏，营造了令人神往的超拔境界。唐代刘长卿、孟郊、施肩吾、杜荀鹤等慕名而来，寻幽问道，绘写丹霞胜景，留下游仙名句。北宋以后，以王安石知鄞县为转折点，人文兴盛，本地诗人群体渐起规模。丹山赤水、深林绝顶、山野田家、清溪古驿，在诗人笔下，风物满眼，人情盈怀。四明之地，不仅可游，而且可居。

　　月湖也是一个夺目的诗意文化符号。宋嘉祐年间，钱公辅疏浚月湖，于湖中建众乐亭。以此为诗题，钱公辅、吴中复、司马光、王安石等诸多胜流抒发与民共乐的情感。宋元祐年间，刘珵重修水利，并作《咏西湖十洲》组诗，引来友声不辍。月湖是诗意栖居之所，诗礼簪缨之族迁居月湖之畔，第院、别墅、书楼、讲堂、驿馆、会所，错落布局的园林建筑，构筑和谐人文空间。宋代楼异的昼锦堂、楼钥的攻媿斋、史守之的碧沚亭、郑清之的安晚园、王应麟的汲古堂，书香盈溢，觞咏不断。明代黄润玉之鄞城草堂、丰坊之碧沚园、张时彻之月湖精舍、范钦之天一阁、沈一贯之畅园，清代范光文之天一阁园、全祖望之五桂堂、徐时栋之烟雨楼，一脉教泽，千载风流。全祖望登天一阁称羡"历年二百无书蠹，天下储藏独此家"，足见对文化坚守、对文化传承的高情远志。

　　月湖之外，还有东钱湖、广德湖、慈湖、杜湖、白湖、上林湖，在诗人们笔下，湖光流盼，湖水能言，"一切景语皆情语"。

　　海，是宁波古诗词中独特的地理元素和人文对象。观潮感怀，向海放歌，诗人的视野和格局不囿于当下而跳脱出小我。明代戚继光艰苦抗倭，回首龙山之战，感慨不已，"曾于山下挥长戟""遥看沧海舒孤啸"。梁云构描绘招宝山抗倭水师操练，"黑子诸邦徒一点，黄龙战舰飞千舳"。文天祥于抗元途中所写乱礁洋在象山县东北，诗人亲睹"云气东南密，龙腾上碧空"而振作精神。清末八指头陀《登太白峰绝顶眺海》诗成于《辛丑条约》签订之后，

"河山北望情何极，鲸浪谁能靖五洲"，抒发了对列强侵华的愤慨、对社稷安危的忧虑。这些诗歌，或气势磅礴，或气骨峥嵘，或气魄雄强，如海上波涛，激荡人心。

浙东多慷慨之士，多思想巨子。在山海之间流淌的姚江，堪称明清思想史的坐标，阳明心学、浙东史学以姚江为发源地，蜚声海内外。王阳明以人心为大道，以致良知为信念，诗与思互渗，心与理合一。黄宗羲、张煌言、万斯同、全祖望的椽笔之歌，沉郁愤激。姚江诗章，经史如铭，家国为重，发出了关怀民生国命、力求经世致用的隆隆潮音。

一方水土养一方人。宁波古诗词中，以风物、特产为题材者比比皆是。写越窑秘色瓷器，唐代陆龟蒙的"九秋风露越窑开，夺得千峰翠色来"堪为名句。宋代史浩写宁波汤圆，"玉屑轻盈，鲛绡霎时铺遍。看仙娥、骋些神变"，美人巧手，美食神工，岂可辜负！宋末元初诗人戴表元久居剡源，喜以家乡风物入诗，写采藤、制藤纸、焙茶，无不生动。历代写东海海鲜的诗也不少，应季而食，活色生香。宁波资源禀赋自有优势，物华天宝，人杰地灵，若逢政治清明，天下太平，真是宜居宜业的好家园。李邺嗣弃巾服归田园，遂有"渔翁网得鲜鳞去，不管人间吴越非"之句。然而，沧海桑田，个体命运岂可脱离历史形势？鉴古知今，美好生活来之不易，必须倍加珍惜。

宁波是大运河的入海口，也是海上丝绸之路的启航地。唐代，宁波已成为中国与日本列岛、朝鲜半岛经贸文化往来的枢纽。宋元时期，宁波与东南亚、西亚及地中海地区、非洲建立了航运贸易联系。即使在保守的明清时期，宁波依然是重要的对外窗口。宁波的"海丝文化"在古诗词中留下不少可循的例证。南宋陆游《明州》诗中有"海东估客初登岸"之句，其时，日本、高丽行商来明州做生意已属寻常事。南宋亡后，宁波人、临济宗高僧无学祖元东渡传法，他是中日文化交流的杰出使者，《怀太白》诗寄托了"夜静不知沧海阔，几随宿鹭下烟矶"之乡思。无学门下的日本诗人天岸慧广，以"卫王古庙梵王宫，苍柏青松几注空"的诗句悼念史弥远。日本五山制度以及五山文学的出现，受中国文化影响，史弥远奏请"表尊五山"之史实即在其前。元代张翥《送黄中玉之庆元市舶》中有"珠香杂犀象，税入何其多"的叙述，可见宁波市舶贸易之繁荣。在长期的对外交流中，宁波文化形成了开放包容、兼收并蓄的特质。

　　阅读古诗词，可以跨越时空感受宁波的诗意之美。提倡新时代"人文经济学"，让人文与经济相互浸润、彼此生发，古诗词是极为重要、极为宝贵的传统资源，值得不断发掘、转化、利用。古诗词建构了宁波人文地理坐标，可以滋养人心、砥砺品行，可以赓续文脉、鉴古知今，可以激发人们对于这片土地的长久热爱与未来期待。

本册编写组
2024 年 11 月

目 录

唐五代

李 白
　　早望海霞边……………………………………………003
岑 参
　　送任郎中出守明州……………………………………006
刘长卿
　　游四窗…………………………………………………008
孟 郊
　　送萧炼师入四明山……………………………………011
施肩吾
　　同诸隐者夜登四明山…………………………………014
张 祜
　　题余姚县龙泉寺………………………………………016
许 浑
　　晓发鄞江北渡寄崔韩二先辈…………………………018
李 频
　　明州江亭夜别段秀才…………………………………020

方　干

　　赠雪窦僧家……………………………………………………… 022

陆龟蒙

　　秘色越器……………………………………………………… 025

　　四明山诗 潺湲洞 ……………………………………………… 027

皮日休

　　奉和四明山九题 鹿亭 ………………………………………… 029

　　茶中杂咏 茶瓯 ………………………………………………… 030

杜荀鹤

　　别四明钟尚书………………………………………………… 032

释延寿

　　姜山五峰咏 白马峰 …………………………………………… 034

宋　元

释重显

　　送于秘丞（其一）…………………………………………… 039

梅尧臣

　　送王司徒定海监酒税………………………………………… 041

苏舜钦

　　重过句章郡…………………………………………………… 043

谢景初

　　寻余姚上林湖山……………………………………………… 045

王安石
　　天童山溪上……………………………………………047
　　龙泉寺石井二首（其一）………………………………049

舒　亶
　　和马粹老四明杂诗聊记里俗耳十首（其十）…………050
　　芦山寺（其一）…………………………………………052

晁说之
　　见诸公唱和暮春诗轴次韵作九首（其二）……………053

李　光
　　双雁道中…………………………………………………055

史　浩
　　夜合花 洞天 ……………………………………………057
　　粉蝶儿 咏圆子 …………………………………………059

释昙莹
　　姚　江……………………………………………………061

释晞颜
　　普和寺……………………………………………………063

赵长卿
　　卜算子 四明别周德远 …………………………………065

陆　游
　　游　鄞……………………………………………………067
　　明　州……………………………………………………068

楼　钥
　　大梅山…………………………………… 070
　　登育王山望海亭………………………… 072
　　小溪道中（其二）……………………… 074

郑清之
　　题雪窦千丈岩…………………………… 076

赵以夫
　　贺新郎 四明送上官尉归吴 …………… 078

史弥宁
　　东湖泛舟………………………………… 080

吴　潜
　　高桥舟中（其二）……………………… 082

释正忠
　　天童知客………………………………… 084

陈　著
　　筠溪八景 桃崖暄日 …………………… 086

舒岳祥
　　十妇词（其一）………………………… 088

陈允平
　　一寸金…………………………………… 090

释祖元
　　怀太白…………………………………… 092

文天祥
    乱礁洋…………………………………………… 094
戴表元
    采藤行…………………………………………… 097
    四明山中十绝 茶焙 ……………………………… 099
仇　远
    八犯玉交枝 招宝山观月上 ……………………… 101
张　炎
    三姝媚 送舒亦山游越 …………………………… 104
谢　翱
    雨饮玲珑岩下…………………………………… 106
杜国英
    东钱湖…………………………………………… 108
释慧广
    大慈山…………………………………………… 110
黄　溍
    初至宁海（其一）……………………………… 112
张　翥
    送黄中玉之庆元市舶…………………………… 114
宋　褧
    清平乐 车厩道中 ………………………………… 118

袁士元
和嵊县梁公辅夏夜泛东湖（其一）……………… 120

月鲁不花
泛鸣鹤湖次见心上人韵……………………… 122

廼贤
月湖竹枝四首题四明俞及之竹屿卷（其二）………… 124

金元素
月波楼……………………………………… 126

刘仁本
余姚筑城…………………………………… 128

吉雅谟丁
游定水山中与尧臣期不至遂赋此奉寄兼呈见心方丈
禅师………………………………………… 131

丁鹤年
寓慈湖僧舍次龙子高提举韵…………………… 133

明 清

乌斯道
涵虚馆访章复彦不值………………………… 137

许继
登塔山……………………………………… 139

俞士吉
　　丹山十咏 陈山晓渡 …………………………… 141
黄润玉
　　四时八景 郊墟商贾 …………………………… 143
王　淮
　　花屿湖 …………………………………………… 145
周　礼
　　五磊晴岚 ………………………………………… 147
杨守陈
　　湖郊即景 ………………………………………… 149
李　端
　　送日本使僧归国 ………………………………… 151
冯　兰
　　同木斋湖山唱和（其一） ……………………… 155
谢　迁
　　叠前韵酬雪湖 …………………………………… 158
倪宗正
　　题黄百川先生十景 箭山拥翠 ………………… 160
王守仁
　　京师诗八首 忆龙泉山 ………………………… 162
　　杖锡道中用张宪使韵 …………………………… 164

陆　铨
　　月湖行……………………………………………… 166

张时彻
　　六至茂屿长短咏（其五）………………………… 169

范　钦
　　登江口塔…………………………………………… 171

沈明臣
　　灯夕范司马安卿天一阁即事……………………… 174

吕　时
　　沈世君问宁波风土应教五首（其三）…………… 176

杨　珂
　　之四明山居经南岭………………………………… 178

姜子羔
　　泛万金湖入大慈寺………………………………… 180

戚继光
　　登伏龙寺忆昔……………………………………… 182

屠　隆
　　春日怀桃花别业十首（其七）…………………… 184

戴　澳
　　蛟川夜泊…………………………………………… 186

刘振之
　　阚湖即事…………………………………………… 188

梁云构
　　满江红 招宝山阅水操 ………………………… 190

黄宗羲
　　山居杂咏（其一）………………………… 192
　　至海滨道塘怀侍御王仲㧑 ………………… 194

徐凤垣
　　过东钱湖 …………………………………… 196

张瑶芝
　　雪窦千丈岩看瀑 …………………………… 198

周　容
　　兰市诗 ……………………………………… 200

宗　谊
　　登招宝山题石壁 …………………………… 202

张煌言
　　客有谈故园花事者感而有赋 ……………… 204

潘访岳
　　游金峨寺 …………………………………… 206

陆　宝
　　育王道中 …………………………………… 208

李邺嗣
　　鄮东竹枝词（其三十一）………………… 211

沈士颖
　　入天童山二首（其一）……………………… 213
林时对
　　望郡城十忆（其一）………………………… 215
范光阳
　　泛东湖………………………………………… 217
张士培
　　同友人游它山（其一）……………………… 219
周志嘉
　　石塘市………………………………………… 221
方桑者
　　沁园春　从小白岭进游天童 ………………… 223
郑　梁
　　黄过草堂晚眺………………………………… 225
李　暾
　　桑洲道中口占………………………………… 227
谢秀岚
　　周行杂咏（其五）…………………………… 229
全祖望
　　东钱湖食白杨梅（其二）…………………… 231
黄　璋
　　甬江夜泊……………………………………… 233

钱维乔
    泊丈亭…………………………………………… 235
邵晋涵
    姚江棹歌一百首（其十九）…………………… 237
叶锡凤
    杜湖春日………………………………………… 239
叶声闻
    白湖竹枝词（其七）…………………………… 241
叶元堃
    杜湖晚眺………………………………………… 243
叶元墤
    甬上渔词………………………………………… 245
姚燮
    西　坝…………………………………………… 247
施烺
    白湖塘上………………………………………… 250
徐时栋
    舟行小江湖……………………………………… 252
冈千仞
    登宁波天峰塔…………………………………… 254
释敬安
    登太白峰绝顶眺海……………………………… 256

陈得善

  莺啼序 丹城春赛 ················· 259

参考文献 ························· 263
后　记 ························· 269

浙江 诗话

唐五代

李 白

李白(701—762),字太白,号青莲居士,祖籍陇西成纪(今甘肃静宁西南),出生于中亚碎叶城。五岁随父迁居绵州昌隆县(今四川江油)青莲乡。唐天宝元年(742),被玄宗召入长安为翰林供奉,因称"李翰林"。在长安,贺知章一见,叹为"谪仙人",故后人称为"诗仙"。安史乱起,因参加李璘的幕府,被牵累而流放夜郎,途中遇赦。晚年漂泊东南一带,病卒于当涂。有《李太白集》三十卷。李白与杜甫齐名,并称"李杜"。李白多次漫游浙东,是"浙东唐诗之路"重要诗人。

早望海霞边

四明三千里,朝起赤城霞。[1]

日出红光散,分辉照雪崖。

一餐咽琼液,五内发金沙。[2]

举手何所待,青龙白虎车。[3]

(《李太白文集》卷一八)

元　顾园　丹山纪行图（局部）

注　释

[1]四明：四明山。赤城霞：赤城山的朝霞。赤城山，在浙江天台县西北，其岩壁状若城堞，色若丹霞，故称赤城。　[2]琼液：道教所称的玉液，认为服之可长生。五内：五脏。金沙：即"金砂"，以金石炼成的丹药。　[3]青龙白虎车：青龙车和白虎车，传说中神仙所乘之车。因以青龙、白虎为驾，故称。

赏　析

　　此诗为李白游浙东登临四明山眺望美景时所作。标题即充满豪情，严羽评曰："题已似诗。"开头二句以喝彩起势，说辽阔的四明山，一清早红霞普映！称四明"三千里"，是夸张，一方面,用大数量词写壮景,为李白惯用手法;另一方面,非用这般大数量词,不足以当海霞之壮阔!"日出"二句,描绘日腾东海,光芒四射,分辉照在四明山的雪崖上。红光、雪崖,色彩辉映,壮丽无比!"一餐"二句,为诗人受所见山海奇异景象的影响,意兴激发,产生在此服食修道的想法。结尾二句,幻想修炼已成,等待仙官迎赴仙界。这是一种浪漫主义手法。其神思飞扬,文笔瑰奇,充满了奇情异彩,从而赋予四明山无限神韵!

岑 参

岑参（约715—770），荆州江陵（今湖北荆州）人。唐天宝三载（744）以进士第二人及第。曾入安西节度使高仙芝幕掌书记，后任安西、北庭节度判官，迁支度副使；在朝任过祠部员外郎、考功员外郎，转虞部、屯田、库部郎中等职；出任嘉州刺史，人称"岑嘉州"。著有《岑嘉州集》。工诗，与高适齐名，合称"高岑"。

送任郎中出守明州 [1]

罢起郎官草，初分刺史符。[2]

城边楼枕海，郭里树侵湖。

郡政傍连楚，朝恩独借吴。[3]

观涛秋正好，莫不上姑苏。[4]

（《岑参集校注》卷四）

注 释

[1]任郎中：疑即任瑗，至德二年（757）出任明州刺史。出守：出任太守，此指担任明州刺史。　[2]罢：停止。起郎官草：因后汉时

尚书郎主起草文书，故云。"初分"句：指帝王授官，分与符节的一半作为信物。　　[3]傍：通"旁"。　　[4]观涛：指观钱塘江潮。明州在钱塘江之南，赴明州必然过江。每年中秋前后为观潮最佳时节，任郎中此去，恰逢天时地利，可顺便观潮。上姑苏：指登姑苏台。姑苏台颇有历史故事，且可俯瞰太湖等美景，自来为登临胜地。

赏　析

此诗为岑参在朝为郎时送别同僚所作。首联交代送任郎中的事由，罢任起草文书的郎官，奉命前往明州履职。颔联谓任郎中赴任所到的明州，城边楼房枕海，城内树木环湖。颈联希望任郎中到明州以斐然政绩，影响旁边广大富饶的古楚地；朝廷嘉奖，被及文化底蕴深厚的吴地。尾联谓此去正逢钱塘观潮的中秋时节，希望其途经苏州的时候，可以顺便登临一下姑苏台。这般励行，情深谊长。本诗虽写送别，却不带伤感，反而充满喜悦和美好期待。

刘长卿

　　刘长卿（约726—约789），字文房，河间（今河北献县）人，一说宣城（今属安徽）人。玄宗天宝末年登进士第。肃宗上元二年（761）至代宗宝应年间，漫游江南。大历中后期任鄂岳转运留后，遭人诬陷，贬睦州司马。官至随州刺史，世称"刘随州"。著有《刘随州集》。刘长卿工诗，尤长五言，自称"五言长城"。刘长卿在睦州任闲职期间，曾一度住在越州剡县石城山（今属浙江新昌）碧涧别墅，并以此为据点，遍游周边山水。

游四窗[1]

四明山绝奇，自古说登陆。[2]

苍崖倚天立，覆石如覆屋。

玲珑开户牖，落落明四目。[3]

箕星分南野，有斗挂檐北。[4]

日月居东西，朝昏互出没。

我来游其间，寄傲巾半幅。[5]

白云本无心，悠然伴幽独。

对此脱尘鞅,顿忘荣与辱。[6]

长笑天地宽,仙风吹佩玉。

(《刘随州集》卷一〇)

注　释

[1]四窗:又称石窗,在今余姚市大岚镇花山村大俞山。其崖腰有洞,四穴相通。唐陆龟蒙《四明山诗序》载"四穴在峰上,每天地澄霁,望之如牖户,相传谓之石窗,即四明之目也"。四明山即因四窗而得名,四窗也是四明山最著名的景点。　[2]"自古"句:谓自古以来就有人说,四明山是海上神仙登上大陆后游览教化和居住的名山。语本晋人孙绰《游天台山赋序》"登陆则有四明、天台。皆玄圣之所游化,灵仙之所窟宅"。　[3]玲珑、落落:均为明澈的样子。　[4]箕、斗:均星宿名。《新唐书·天文志》"箕与南斗近……在吴越东"。《汉书·地理志》"吴地,斗分野"。分南野:分野指与星次相对应的地域。箕、斗并在南方时,箕在南而斗在北,故称南箕北斗。　[5]寄傲:寄托旷放高傲的情怀。化用陶渊明《归去来兮辞》"倚南窗以寄傲"。巾:指道巾。半幅:指道巾用布帛做成,所需布帛的宽度为半幅(古制,一匹布帛满幅为二尺二寸)。　[6]尘鞅:指世俗事务的束缚。

赏　析

诗人游四明山四窗景点,其见闻和感受特别,内容丰富,故以长诗来表现。全诗可分为两部分。第一部分,首句至"朝昏互出没"，言见闻，写景为主。第二部分，"我来游其间"至末尾，言感受，重在神思。四明山之"绝奇"，等待诗人来抉发。诗人通过游览"四窗"景点，从实地游进而到神游。诗不是用来说理的，但诗可以蕴含理，并从艺术形象中自然显现理趣。这首山水诗，表现人在山水审美、感悟、奇想的快慰中暂时远离尘嚣、忘怀世俗。诗人咏四窗，以此诗为最早，由其传播，吸引了后世大量的游观者，并产生了不少咏该景点的作品。

宋　"四窗"摩崖

孟 郊

孟郊（751—814），湖州武康（今浙江德清）人。早年活动于江南，与皎然、陆羽等交往。贞元十二年（796）中进士。元和元年（806）客长安，与韩愈、张籍等有唱和；随后入河南尹郑庆馀幕，定居洛阳。卒后，张籍等私谥其"贞曜先生"。一生穷困，诗多苦寒况味，与贾岛齐名，人称"郊寒岛瘦"。著有《孟东野诗集》。孟郊游过浙东，诗集中有《越中山水》《春集越州皇甫秀才山亭》等诗，他曾游览四明山。

送萧炼师入四明山[1]

闲于独鹤心，大于高松年。

迥出万物表，高栖四明巅。

千寻直裂峰，百尺倒泻泉。

绛雪为我饭，白云为我田。[2]

静言不语俗，灵踪时步天。[3]

（《孟东野诗集》卷七）

明　唐寅　观瀑图（局部）

注 释

[1]萧炼师:不详。炼师,对道教炼丹家的尊称。 [2]绛雪:丹药名。唐徐坚《初学记》卷二引《汉武帝内传》"仙家上药,有玄霜、绛雪"。 [3]灵踪:此为对萧炼师行踪的美称。

赏 析

四明山仙道文化气息浓郁,修道、炼丹之人乐往之。孟郊作这首五言古诗送萧炼师入四明山,并借题发挥。首二句称赞萧炼师,谓其闲情可比于幽独的白鹤,其长寿可比于高大的青松。"鹤""松"妙举,颇生仙道气息。中六句,设想萧炼师生活在四明山中的情景,栖居于四明山的最高峰,远出红尘万物之表,举目所见,千寻之峰,裂石而成;百尺之泉,泻水而下。绛雪是"我"服食的便饭,白云是"我"种药的良田。结尾二句,谓萧炼师沉静不语俗事,时常登临四明山的某些恰当位置观测星象,以窥天道玄奥,说明萧炼师不仅仅是一个炼丹家,还是能独与天地精神相往来的高人。萧炼师入四明山修炼,当然是他对天下仙道名山比较后的抉择;孟郊之诗,又阐发了萧炼师选择的正确性,传播作用极大。

施肩吾

施肩吾(780—861),字希圣,睦州分水(今浙江桐庐西北)人。宪宗元和十五年(820)登进士第。因好道教神仙之术,隐于洪州之西山。施肩吾工诗,风格奇丽,好为冶游香艳之词。有《施肩吾诗集》。施肩吾诗名早著,曾长期在四明山为"烟霞客",张籍《送施肩吾东归》诗赞其"仙游多在四明山""早闻诗句传人遍"。

同诸隐者夜登四明山

半夜寻幽上四明,手攀松桂触云行。

相呼已到无人境,何处玉箫吹一声?[1]

(《万首唐人绝句》卷三四)

注 释

[1]"何处"句:化用"弄玉吹箫"的典故。相传春秋时秦穆公之女弄玉好吹箫。萧史善吹箫作凤鸣,穆公便以弄玉妻之,筑凤台以居。二人吹箫,凤凰来集,后夫妻一同乘凤凰升仙而去。事见汉刘向《列仙传》卷上。

赏　析

　　本诗写诗人夜登四明山,寻求一种不同于白日游观的别致体验。第一句,言称"半夜",因夜深则宁静。"寻"字紧扣诗题"夜登";"幽"字是全诗关键词,它是一种山水美的境界,与"明"组成一对美学范畴。正是为寻觅"幽"境,才有"夜登"之行动。第二句,进一步扣"登"字。行为方式、具体景物、山峰高度、攀登难度,都包含其中,当然,还有蕴于言外的高昂兴致。第三、四句,写所寻到的幽境。"相呼"二字,照应题目"诸隐者"。"无人境",乃谓高峰、夜色已把尘世阻绝,不是"幽"境,又为何地呢?在这万籁俱静之幽境中,不知从何处传来一声清妙的玉箫声,如此缥缈、空灵,恍惚迷离之间,这幽境已臻仙境了吧?末句以有声衬无声,更显其"幽"。

张　祜

张祜（约785—约852），字承吉，贝州清河（今河北清河）人，后寓姑苏（今江苏苏州）。以布衣终身。有《张承吉文集》。张祜多次游越，作诗颇多。

题余姚县龙泉寺[1]

四明山一面，台殿倚嵯峨。[2]

中路见江远，上方行石多。[3]

天晴花气漫，地暖鸟音和。

徒漱葛仙井，此生其奈何。[4]

（《张承吉文集》卷三）

注　释

[1]龙泉寺：在唐余姚县城郭之西的龙泉山上。山、寺均因地有"龙泉"而得名。　[2]台殿：指寺庙。嵯峨：山高峻貌，此指龙泉山。"台殿倚嵯峨"，既言位置，也写出寺庙之雄伟。　[3]中路：半路。江：此指姚江，在山麓。上方：住持僧居住之室，此借指佛寺。　[4]葛仙井：相传为东晋葛洪炼丹所用的井。

赏　析

　　张祜好游名山、名寺，本诗为其游余姚龙泉山、寺时作。首联写龙泉山、寺的地理位置和壮观之貌。寺在四明群山北面的龙泉山。颔联写登山路上的回望与前瞻。颈联进一步写见闻，较之上一联的写实，此联更具主观感受。天晴——花气漫，地暖——鸟音和，构成因果关系，诗人的敏感度和探究精神包蕴其间，饱含喜悦之情，意境甚佳。尾联借景抒情，表达人生感慨。

许　浑

　　许浑（约791—约859），祖籍安陆（今湖北安陆），寓居丹阳（今属江苏）。早年漫游，曾至浙东。唐大和六年（832）进士。官至睦、郢二州刺史。著有《丁卯集》。许浑宦游广远，诗名颇著。诗歌多清丽之作，长于登临怀古及宦游送别。韦庄《题许浑诗卷》称赞道："江南才子许浑诗，字字清新句句奇。"许浑不止一次游浙东，曾翻越四明山，在鄞江北渡，留下诗作。

晓发鄞江北渡寄崔韩二先辈[1]

南北信多岐，生涯半别离。[2]

地穷山尽处，江泛水寒时。

露晓蒹葭重，霜晴橘柚垂。

无劳促回楫，千里有心期。[3]

（《唐五代诗全编》卷六九四）

注　释

[1] 鄞江：奉化江的支流。北渡：渡口名，在鄞江与奉化江交汇处。崔韩：指崔寿、韩乂，二人与许浑为同年进士。先辈：唐人同为进士出

身者互相之间的敬称。　　[2]岐：同"歧"，岔路。　　[3]回楫：调转船头回去之意。

赏　析

本诗是许浑经过鄞江北渡时所作。首联慨叹行路难，语义双关，并紧扣题目寓离别之情。颔联便说现在"行"至何处了，扣"北渡"。此联以时空为结构，当下人生之位置，就在这时空交汇点上；而人生之情怀、命运等，即由这时空之环境来显现。许浑律诗精于属对，此联乃经典。颈联描绘北渡秋景，着色清丽，显示出诗人心境之转变——能为宦游人带来一些慰藉的，往往是他乡的美丽风物。此联属对也十分工整。尾联抒怀，谓不劳二位友人催促归去，虽然相隔千里，诗人内心还是挂记着的。本诗虽然带有诗人宦游和离别的愁绪，但对宁波地理环境和风物特色的描绘清丽出色。

李 频

　　李频（？—876），字德新，睦州寿昌（今属浙江建德）人。自少聪颖能文，追随方干、姚合学诗。唐大中八年（854）进士及第。曾于多地为官，有政声。擢侍御史，累迁都官员外郎。后自求为建州刺史，治乱安民，劳卒于任上。著有《黎岳集》。其及进士第前，曾漫游明州，留下诗作。

明州江亭夜别段秀才[1]

离亭向水开，时候复蒸梅。[2]

霹雳灯烛灭，蒹葭风雨来。

京关虽共语，海峤不同回。[3]

莫为莼鲈美，天涯滞尔才。[4]

（《黎岳集》卷一）

注　释

[1]江亭：在明州府城江边。李频游明州时，府城已迁至三江口。段秀才：不详。唐代称应举者、将应举者为秀才。　　[2]离亭：分手告别处的驿亭。此临时起意，用以指明州江亭。蒸梅：湿热的梅雨天气。

[3]京关:京门,指长安城门。海峤:滨海的山岭,此指明州。 [4]莼鲈:莼菜羹和鲈鱼脍。此化用典故,晋人张翰在洛阳做官,见秋风起,思家乡吴中菰菜、莼羹、鲈鱼脍美味,遂辞官。见《晋书·张翰传》。

赏 析

据诗意,李频与段秀才在京城时有交谊,同游或相遇于明州后,于明州江亭告别。首联叙述告别地点、时节,将离别的愁绪蕴含其间。颔联写天气骤变,也扣诗题"夜别"。颈联谓我们虽然当初出京门时有约,今却在海滨之地分手,遗憾没有一同回去。据李频今存诗歌,他曾科举失意而长期滞留于长安;再据本诗尾联意,二人当有再应进士试的心愿和交流。尾联叮嘱、劝勉段秀才努力科举仕进,不要耽于江南莼羹鲈脍的美味,在这"天涯"之地虚废才华。本诗为留别之作,但以关怀对方为旨归,勉励其积极用世,其情甚殷,深挚感人。

方　干

　　方干（？—约888），字雄飞，门人私谥为玄英先生，原籍为新定（今浙江建德），其父迁居桐庐（今浙江桐庐）。大和九年（835）曾干谒杭州刺史姚合。一生科举失意，后隐居会稽（今浙江绍兴）镜湖。有《玄英集》。方干来往于睦州、杭州、越州之间，他游历宁波的诗歌今存八首，是唐代来游宁波的诗人中留诗最多的一位。

赠雪窦僧家[1]

登寺寻盘道，人烟远更微。[2]

石窗秋见海，山霭暮侵衣。

众木随僧老，高泉尽日飞。[3]

谁能厌轩冕，来此便忘机。[4]

（《玄英集》卷二）

明　朱松邻　竹圆雕五子戏弥陀像

注　释

[1]雪窦：指雪窦寺，位于今宁波市奉化区溪口镇西北雪窦山上。方干另有《游雪窦寺》等诗。　[2]盘道：盘曲之路。　[3]高泉：指雪窦寺前之千丈岩瀑布。　[4]轩冕：古代大夫以上官员的车乘和冕服，此指官位爵禄。

赏　析

　　此诗书写登寻雪窦寺之所见所感。首联写登寺之路艰难，越往山里走人烟越稀少，道路越细微难寻。颔联写中途经历，谓正值秋高时节，经过石窗，便登顶眺海；日暮时候，山间云雾湿了人的衣服。颈联写到达寺前所见之环境，树木众多，树龄很长，瀑泉高悬，长流不断。尾联抒发感慨，谓无论是谁，厌烦了轩车冕服，来到这里，便会忘却机巧之心。登寻艰难，旨归赞美；观景感悟，参得禅意。

陆龟蒙

陆龟蒙（？—约881），字鲁望，自号江湖散人、天随子、甫里先生，姑苏（今江苏苏州）人。与皮日休唱和，合称"皮陆"。举进士不第，曾任苏州、湖州从事，后归乡不出，隐居松江甫里。有《笠泽丛书》《甫里集》。

秘色越器[1]

九秋风露越窑开，夺得千峰翠色来。

好向中宵盛沆瀣，共嵇中散斗遗杯。[2]

（《甫里集》卷一二）

注　释

[1] 秘色：古代越州官窑所产瓷器的颜色。秘色越器是越窑瓷器的最上乘之作。今考古发现，慈溪上林湖一带为秘色瓷器的主要产地。
[2] 中宵：半夜。沆瀣：夜间的露水，古人谓其为仙家之所饮。嵇中散：三国魏嵇康，仕魏为中散大夫，故称。斗：比赛，争胜。遗杯：遗留的酒杯。嵇康字叔夜，好饮，其酒杯流传后世。陆龟蒙《添酒中六咏·序》"徐景山有酒枪，嵇叔夜有酒杯，皆传于后代"。

吴越国　越窑秘色瓷执壶

赏　析

　　这是一首赞美秘色瓷器的七言绝句。首二句，意谓开窑见器，一件件秘色瓷，犹如夺得千峰翠色，青莹润泽，光洁可爱。前句特言"九秋风露"，此为烧窑之最佳时节，柴木充足，空气清新，能最大程度保证烧制效果；后句描写产品之精美，刻画出秘色瓷的美感特征。"夺"字妙！千峰之"翠色"本为草木自然之色，瓷器在炉火纯青中升华出"秘色"，便是"夺"得千峰翠色来！后二句，意谓秘色瓷器正好用来盛清露，供仙人饮用；它与嵇康传世的酒杯相比，将会更受人喜爱，传世更为久远。上句赞其功用，且非世间之俗物；下句料其必传之后代，为稀世珍品。本诗是有关"秘色越器"的早期史料,具有"诗史"价值;诗人对秘色瓷的高度赞美,成为后人对秘色瓷审美价值判断的重要依据。

四明山诗 潺湲洞[1]

石浅洞门深,潺湲万古音。

似吹双羽管,如奏落霞琴。[2]

倒穴漂龙沫,穿松溅鹤襟。

何人乘月弄,应作上清吟。[3]

(《松陵集》卷五)

注 释

[1] 四明山诗:组诗名,共九首。据其诗序可知,四明山隐士谢遗尘,专赴苏州访陆龟蒙,向其介绍了四明山的九种奇特景观和物产,请为赋诗。陆龟蒙根据其描述,创作了这九首五言律诗。潺湲洞:又名白水宫,在四明群山之白水山,距今余姚市梁弄镇南约四千米。相传道人白公有仙术,隐居于洞侧。东汉刘纲、樊云翘夫妻曾在此地师事白公学道,后得道飞升。 [2] 双羽管:即排箫。排箫由一组长短不同的竹管依次组成,与凤翼的羽毛排列相似,又因凤有双翼,故称排箫为"双羽管""双翼管"。落霞琴:宝琴名。《太平御览》引《洞冥记》"握凤管之箫,拊落霞之琴"。 [3] 上清吟:指仙境吟,道教的一种颂赞之词。道教对仙境有玉清、太清、上清"三清"之说。

赏 析

  首联扣题，有释名之意，却具诗性表达。石洞入口不高，但其内幽深，潺潺流水之声，万古传响。诗人着意写出神秘而永恒之境，以带仙道气息。颔联用音乐形象为喻，描绘水声之美妙。颈联则扣"潺湲"之水流动态，描绘水流、水花。谓洞穴之水涌出，漂浮起白色的水花，如龙沫一般；水流穿过松林，水花溅到了栖息于松枝的仙鹤胸前的羽毛上。"龙沫"之喻，既富于形象，也寓含了此洞的不凡（龙在洞中）；"松""鹤"为洞外景物，是一对经典搭配意象，用于此处，烘托了富有仙道气息的环境氛围。尾联谓这般清妙之地，任谁在此乘月玩水，都会情不自禁地作仙境吟吧！全诗紧扣题目兴发诗情。"潺湲"有声音、有形态，故从听觉、视觉拟写，形象丰满。与仙道之传闻、物态、环境契合，想象恰切，意兴飞扬。

皮日休

皮日休(约838—约883),字逸少,后改字袭美,因曾居襄阳鹿门山,号鹿门子,又号间气布衣、醉吟先生。襄阳(今属湖北)人。唐咸通八年(867)进士及第,曾为太常博士。后为黄巢军所得,任命为翰林学士。巢败被杀。皮日休与陆龟蒙齐名,世称"皮陆"。有《皮子文薮》。

奉和四明山九题 鹿亭[1]

鹿群多此住,因构白云楣。[2]

待侣傍花久,引麛穿竹迟。[3]

经时掊玉涧,尽日嗅金芝。[4]

为在石窗下,成仙自不知。

(《松陵集》卷五)

注 释

[1]奉和四明山九题:此为与陆龟蒙《四明山诗》九首的唱和之作。鹿亭:在今余姚市大兰山东北鹿亭乡。相传南朝齐代会稽人孔祐隐居于大兰山,有鹿中箭,来投孔祐,祐为其疗伤,鹿愈后别去。因建鹿亭

于樊榭之侧。　　[2]楣：屋檐口椽端的横板。此处代指鹿亭。　　[3]麑（mí）：幼鹿。　　[4]掊：通"踣（bó）"，向前扑倒。此指鹿临水，前肢跪下的俯卧姿势。

赏　析

　　首联谓鹿群多喜欢来此驻留，是因为仁善的孔祐为它们建造了常有白云缭绕的鹿亭。此赞构亭之人的功德。颔联谓群鹿之先至者因等待伴侣，久留在亭前花丛边；后至者因引领幼鹿穿越茂密的竹林而来迟。此既赞群鹿之友爱，也间接写出鹿亭有花、竹之美好环境，而这都是建亭者为群鹿特意培植的。颈联谓群鹿在鹿亭分散开来，自由自在活动，有的喜欢附近的香泉，长时间俯卧在玉涧边；有的喜欢金芝，整天待在草地嗅吸它的香气。尾联承前意，谓此地处于"仙境"石窗下方，群鹿们在此不知不觉中就成仙了。本诗正面写鹿和鹿亭，侧面写建亭人之功德，表现了人与自然的亲和。

茶中杂咏　茶瓯[1]

邢客与越人，皆能造兹器。[2]

圆似月魂堕，轻如云魄起。

枣花势旋眼,蘋沫香沾齿。

松下时一看,支公亦如此。[3]

(《松陵集》卷四)

注　释

[1]茶瓯:茶碗。　[2]邢客:指从事邢窑瓷器烧制的邢州人。邢州在今河北邢台境内。越人:指从事越窑瓷器烧制的越州人。　[3]支公:东晋名僧支遁(字道林),曾活动于四明山。余姚陆埠境内有支山、支山寺,皆因支遁而得名。

赏　析

皮日休《茶中杂咏》共十首,《茶瓯》为其中之一。本诗描写茶瓯器具的形态之美和制茶功用之美。开头二句,概括茶瓯名品之所出,称美邢窑白瓷茶瓯、越窑青瓷茶瓯。"圆似"二句,从观赏角度描绘这种茶瓯的形状和质感,谓其圆润光洁,似月魂坠落眼前;壁薄而轻,如云魄将要浮起。"枣花"二句,从制茶角度刻画这种茶瓯的功用,谓用它制茶,打出枣花形状的茶汤沫饽,口味如蘋花般清香,久留唇齿,回味不尽。结尾二句,赞美茶瓯带给人的快慰,谓享有这样清雅品质的生活,当年松林下的支公也就如此吧!

杜荀鹤

杜荀鹤（846—904），字彦之，号九华山人，池州石埭（今安徽石台）人。唐昭宗大顺二年（891）中进士第，返乡闲居。朱温表荐为翰林学士、主客员外郎、知制诰。有《唐风集》。游越，作有《钱塘别罗隐》《浙中逢诗友》《登天台寺》《题战岛僧居》等诗。至四明，被明州刺史钟季文挽留。

别四明钟尚书[1]

九华天际碧嵯峨，无奈春来入梦何。[2]

难与英雄论教化，却思猿鸟共烟萝。[3]

风前柳态闲时少，雨后花容淡处多。

都大人生有离别，且将诗句代离歌。[4]

（《唐风集》卷二）

注 释

[1] 钟尚书：即钟季文，明州人，因黄巢之乱，组织地方武装自卫，中和元年（881）起兵攻占明州。中和三年（883）被朝廷任命为明州刺史，主政近十二年。　[2] 九华：指九华山，在池州青阳县（今

属安徽）境内。杜荀鹤对此山情有独钟，遇黄巢之乱，曾隐居九华山，自号九华山人。天际：天边。此为诗人在越地漫游，立足于明州而言，心理感觉上九华山屹立在"天际"。　　[3]英雄：此称钟尚书。教化：政教风化。　　[4]都大：原来，本自。离歌：伤别的歌曲。

赏　析

　　此为诗人从明州回池州前辞别钟季文之作。首联谓自己春来因思念家乡秀美高峻的九华山，竟至入梦。此为陈述辞别钟尚书的理由。颔联谓自己因归思之切，难留下来共论教化之事，心思只在九华山的猿鸟之亲和烟萝之好上。颈联写眼前四明景物，寄寓离情：杨柳在春风吹拂中与人依依惜别，似乎没有闲时；原本姹紫嫣红的春花经过了一场雨，色彩大多暗淡了。此移情于物，景物着上了诗人心境之黯然色彩。尾联谓人生本不免于离别，那么，我就聊且用诗句来代替离歌罢。此强作通达人语，实情谊至深。杜荀鹤此时仍处困顿中，除了隐居，便是漫游，能有钟尚书识才留用，内心是深感其厚意的。

释延寿

　　释延寿（904—975），俗姓王，润州丹阳（今江苏丹阳）人。五代宋初禅宗僧人。早年为余杭吏，三十岁在四明龙册寺出家。广顺二年（952）主持明州雪窦寺。应吴越忠懿王钱俶之请，北宋建隆元年（960）后，主持杭州灵隐寺新寺、永明寺，赐号智觉禅师。开宝三年（970）创建六和塔。善作诗文，今存诗八十六首，残句八句。

姜山五峰咏 白马峰[1]

湖外层峰泻危瀑，天际阴阴长寒木。[2]
南北行人望莫穷，秋云一片横幽谷。[3]

（《会稽续志》卷四）

注　释

[1]姜山：在今余姚市牟山镇湖山村。山广袤十里，有金鸡、蛾眉、积翠、凌云、白马五峰。延寿以五首七言绝句分别歌咏之。　[2]湖：此指牟山湖。阴阴：此指翠色植被覆盖而形成的幽暗之色。　[3]莫穷：指看不到尽头。横：充满，遮盖。

赏　析

　　五峰之一的白马峰,在雨后有瀑布下泻并分流,远望如白马画山,故名。前二句谓牟山湖外的一座高峰上,倾泻下亮色的瀑布;这座山峰好似矗立天际,又因其上长满了耐寒不凋的树木,远望可见山色幽暗。此一明一暗,对比分明,正如图画一般。后二句谓此时正属秋季,南来北往的行人,仍慕其"白马"之名而望之,却总是被幽谷中升起的一片秋云遮蔽。此由瀑布不常有(尤其在秋冬季节),"白马"便不常现身,诗人善意地说是被云遮蔽的缘故,如此则让人信其峰名之不诬,激发探奇的欲望,留下悬想。

元　佚名　秋山图

浙江诗话

宋元

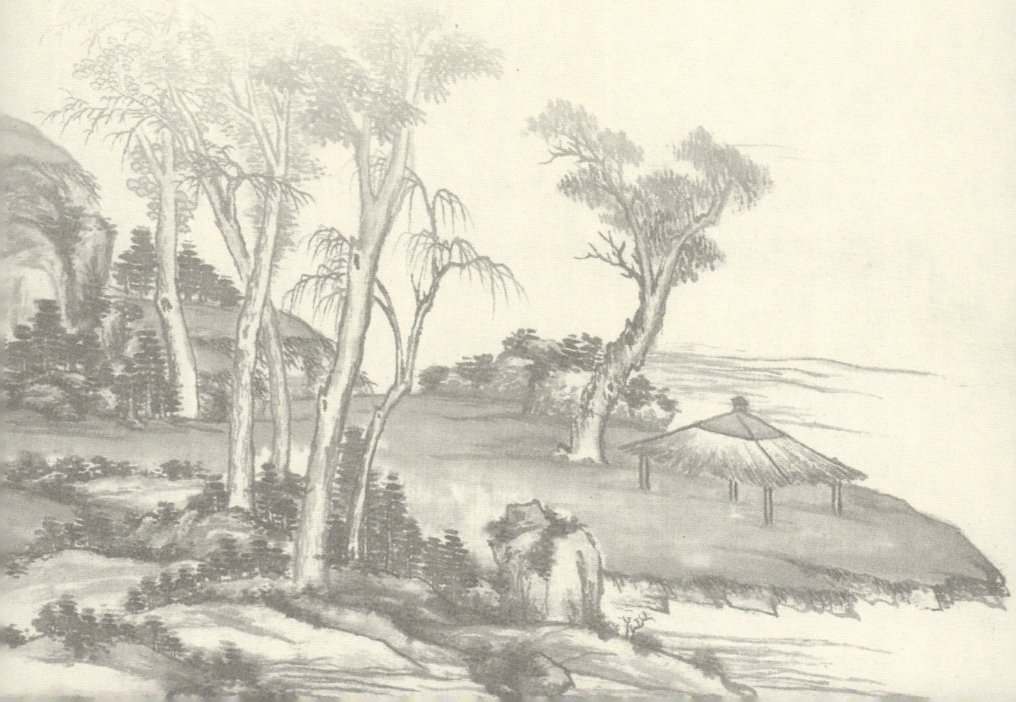

释重显

释重显（980—1052），字隐之，俗姓李，号明觉大师，四川遂宁人。嗣法于北塔祚禅师。真宗天禧年间至灵隐后主明州雪窦寺，长达三十年，为中兴云门宗的一代宗师。著有《祖英集》《瀑泉集》《拈古集》《颂古集》。

送于秘丞（其一）[1]

石径通岩窦，引步藏欹侧。[2]

蓬莱人不来，扫尽苍苔色。

（《祖英集》卷上）

注 释

[1] 于秘丞：即于房，山西定襄县人，北宋景祐四年（1037）底以秘书丞出知浙江奉化县。　　[2] 岩窦：岩穴。

赏 析

释重显的这首小诗以禅理取胜。诗人在岩窦上注视着那曲曲弯弯通向雪窦山的石径，也许友人（奉化县令于房）正行走其上，现在暂时被岩石遮蔽了身影。诗人等待友人的情谊，是通过"扫"这一行动细节来表白的。"扫"本是一种单调机械的动作，但因客不常来，今天为迎客而特意打扫苍苔，正昭示等待之深情，期待之深切。此时此刻，"扫苍苔"是为了等待一个人而付出的所有温暖。然而直至扫尽了苍苔之色，友人仍未现身。这首小诗将日常生活禅意化，耐人品味。

清　王翚　岩栖高士图（局部）

梅尧臣

梅尧臣（1002—1060），字圣俞，世称宛陵先生，宣州宣城（今属安徽）人，祖籍吴兴（今浙江湖州）。宋皇祐三年（1051）得宋仁宗召试，赐同进士出身。曾官国子监直讲、都官员外郎，世称"梅直讲""梅都官"。有《宛陵集》等。

送王司徒定海监酒税[1]

悠悠信风帆，杳杳向沧岛。[2]

商通远国多，酿过东夷少。[3]

怀乡寄书迟，见日知晨早。

应闻有海花，何必树萱草。[4]

（《宛陵集》卷二一）

注　释

[1] 王司徒：无考。定海：明州属县。监酒税：宋代设立的官职，负责监督酒类生产和销售，对酒类商品进行征税。　[2] 信风帆：指随风行驶的船。　[3] "商通"句：概言贸易往来频繁。宋代海外贸易输入商品主要有金银、鹿茸、麝香、珠宝、矿物、木材、药材、布

料、食品等；输出商品主要有瓷器、丝绸、香料、药材、书籍文具等。酿：指酒。过：至，到达。东夷：指日本、高丽诸国。　　[4]海花：指海外花草。萱草：植物名。可食用，俗名黄花菜；可观赏，古人以为种之可以忘忧，故称忘忧草。

赏　析

　　北宋时期，明州海外贸易兴盛，在此诗中有所反映。定海县治所在地（今镇海区招宝山街道），位于甬江出海口。来自日本、高丽等国的商船，多集中在此靠岸；中国去往日本、高丽经商的船只，亦多由此放洋。北宋真宗咸平二年（999）开始，明州市舶司即设于定海。本诗为送王司徒出任定海县监酒税而作。开头二句，紧扣定海县之临海环境，描写海上航行景象。"商通"二句，转为对朋友职务的关注，为之谋划。谓定海虽然与远国通商往来很多，遗憾的是酒类却很少卖到东夷之国去。言外之意，你可推进酒类贸易和征税之事，为国家增加可观的税收。"怀乡"二句，设身处地为朋友之乡愁着想，从定海地理环境落笔，体贴入微。结尾二句，以海景可赏宽慰朋友，情深意长。

苏舜钦

苏舜钦（1008—1049），字子美，开封（今属河南）人。景祐元年（1034）进士。历知蒙城县、长垣县，迁大理评事。得范仲淹荐，任集贤殿校理、监进奏院。支持范仲淹推行的"庆历新政"。遭劾罢职，闲居苏州，建沧浪亭。主张诗文革新，倡导古文，诗歌与梅尧臣齐名。苏舜钦的父亲苏耆知明州，年幼的苏舜钦曾随侍。

重过句章郡 [1]

曾随使旂此东归，日日登临到落晖。[2]

畴昔侍行犹总角，如今重过合沾衣。[3]

窥鱼翠碧忘形坐，趁伴蜻蜓照影飞。[4]

风物依然皆自得，岁华飘忽赏心违。

（《苏学士文集》卷六）

注 释

[1]此诗为庆历六年（1046）苏舜钦重游明州时作。句章郡：指明州。句章为旧县名，故地属明州，因以代称明州。　[2]使旂：使者的旌旗。此指大中祥符年间，苏舜钦的父亲苏耆由尚书祠部员外郎出知明州，

苏舜钦随行。　　[3]总角：古代未成年人束发成左右两髻，其状如角，故称总角。借指童年。合：应该。　　[4]翠碧：指翠鸟。

赏　析

  本诗写重过明州之感慨。首联回忆童年在明州的情景，谓我曾随父亲出知明州到达此地，那时我在明州登山临水，观赏美景，直到太阳落下余晖。明州风物可人，童年的苏舜钦尚不知世事之坎坷。颔联将"畴昔"与"如今重过"对比，谓从前我侍行至此，年龄尚小，不曾涉世而无虑无忧；如今重过此地，合当泪水沾衣！心境截然不同，藏着人生故事，不必言说。颈联写景，谓窥鱼的翠鸟是那么专注，坐而忘形；结伴的蜻蜓投影水中，款款而飞。尾联感叹，风物不殊，皆各自得，而我岁华飘忽，再无早年赏景的心情了。诗以乐景写哀，托物抒情。

谢景初

谢景初（1020—1084），字师厚，号今是翁，富阳（今属杭州）人。庆历六年（1046）中进士甲科，知余姚县。后在多地为官，终迁朝散大夫。在余姚任职仅一年余，却大有作为，兴修水利，发展农桑，兴办学校，政绩可观。善诗文，常题诗于邑中，惜多已佚。

寻余姚上林湖山 [1]

山水有奇秀，何必耳目亲。

兹地世未知，偶游良可珍。

平湖瞰其中，翠巘围四垠。[2]

青松千万植，落瀑如悬巾。

佛庙耸殿塔，装点绘画新。

清溪与断崖，水石声磷磷。[3]

峰巅见沧海，日出常先晨。

花草时节异，宁问秋夏春。

陵谷千万古，岂无称道人。

得微言不信，又恐远故堙。[4]

樽酒且乐我，醉来事事均。[5]

（《会稽掇英总集》卷五）

注　释

[1]上林湖山：今属慈溪市桥头镇。这里是越窑青瓷的发祥地和著名产地之一。　[2]翠巘：青翠的山峰。　[3]磷磷：形容水石相激发出的声音。　[4]堙：埋没。　[5]均：均匀，调和。

赏　析

这是一首描写上林湖山的山水诗。谢景初还作有《观上林湖坩器》诗，对比阅读可看出，他实地考察了上林湖越窑瓷器的制作、装烧、销售等情况。《寻余姚上林湖山》诗，客观上为我们展示了此地瓷器生产的一大环境。湖山奇秀，景物清幽，"翠巘围四垠""青松千万植"，瓷器出于此境，自然使人联想到陆龟蒙《秘色越器》中"夺得千峰翠色来"之喻，良有可征。

王安石

王安石（1021—1086），字介甫，号半山，临川（今江西抚州）人。北宋庆历二年（1042）进士及第。熙宁二年（1069），升任参知政事，次年拜相，累封荆国公。王安石大力推行变法改革，成效明显。罢相后出判江宁，病逝于钟山，谥号文，世称"王文公"。有《临川集》。王安石曾知鄞县，留下许多诗篇。

天童山溪上 [1]

溪水清涟树老苍，行穿溪树踏春阳。

溪深树密无人处，唯有幽花渡水香。

（《乾道四明图经》卷八）

注 释

[1] 天童山：位于今宁波市鄞州区东，为太白山之一峰，天童寺坐落于太白山麓。溪：指由东西两涧汇合而成的天童溪。

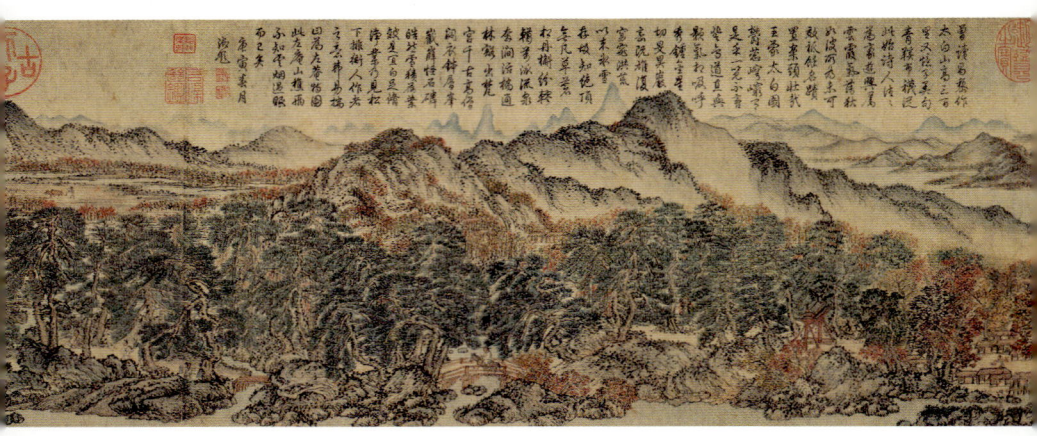

元　王蒙　太白山图（局部）

赏　析

　　这首七绝是王安石知鄞县时游览天童山所作。全诗描绘天童山溪深林密、水清花香的清幽景色，置身于此，作者的心灵是清净静寂的，心情是愉悦欢快的。全诗以溪水与溪树勾连交织为中心，构成了一幅佳美的天然画卷，其中溪、树二字各出现三次，又能一气呵成，得交错回环之妙。前两句写人穿行之乐，后两句写花香迎面飘来，一"穿"一"渡"，方向相对，以动显幽。尤其是结句选用一拟人色彩的"渡"字，尽显大自然的生命意蕴。全诗绝无雕琢痕迹，读之饶有禅趣。王安石晚期作的《山樱》诗云"赖有春风嫌寂寞，吹香渡水报人知"，袭用了《天童山溪上》的意境。

龙泉寺石井二首（其一）[1]

山腰石有千年润，海眼泉无一日干。[2]

天下苍生待霖雨，不知龙向此中蟠。[3]

（《临川集》卷三四）

注 释

[1]龙泉寺石井：余姚龙泉寺之龙泉井。为泉水通海，故将泉水的流出口称海眼。　[2]海眼：泉眼。古人认　[3]霖雨：甘雨，时雨。

赏 析

王安石知鄞县，任满离去时，取道姚江，途中顺便登临龙泉山观览景物。山上的自然与人文景观不少，最触动这位关心民生的政治家兼诗人之情怀的，是一口号称龙泉的石井，于是他作了《龙泉寺石井二首》，借题发挥，表达利济天下的思想。本诗是第一首。前二句叙事，谓龙泉山半腰的石头千年来都带着润色，原因在于这里有与海相通的泉眼，它不曾一日干过。这样写来，意在说明其富有水量，当派大用。后二句扣"龙泉"井发议论，谓天下苍生时时都在渴望霖雨，而职当行云布雨的龙却在这里面蟠伏不出。这个议论大有深意，水并不缺，但是控制水的是龙；水不济苍生，自当追责于不作为的龙。诗人为政济民、勤政不怠的思想，借此自然流露。

舒　亶

　　舒亶（1041—1103），字信道，号懒堂、亦乐居士，明州慈溪（今属浙江宁波）人。北宋治平二年（1065）举进士第一，授临海尉。神宗时除审官西院主簿，迁奉礼郎。后任监察御史里行，与李定同劾苏轼，酿成"乌台诗案"。累官至御史中丞，不久因罪坐废。崇宁初知南康军，翌年卒。有文集一百卷，已佚。近人张寿镛辑有《舒懒堂诗文存》三卷，收入《四明丛书》。

和马粹老四明杂诗聊记里俗耳十首（其十）[1]

莲阁红堪掣，澜池静不流。[2]

梯航纷绝徼，冠盖错中州。[3]

草市朝朝合，沙城岁岁修。[4]

雨前茶更好，半属贾船收。

（《舒懒堂诗文存》卷一）

注　释

[1]马粹老：即马玩，字粹老，庐州人。嘉祐八年（1063）进士。能诗，与舒亶、黄庭坚等多有唱和。　　[2]莲阁：即红莲阁。舒亶《西湖记》

"其北有红莲阁,大中祥符中章郇公尝倅是州,实创之,有记在焉"。掣:抽、拔之意,引申为采摘。澜池:即清澜池。作者自注"池在府前"。《宝庆四明志》"清澜池,直奉国军门之南,钱恭惠王尝浚之,以为救焚备。……府池,鄞山堂之前后各一"。　　[3]"梯航"句:作者自注"高丽比入贡多使者"。梯航,梯山航海,比喻历经险阻的长途跋涉。绝徼,极远的边塞之地。冠盖:官吏的官帽和车乘的顶盖,代指达官显贵。　　[4]草市:旧时乡村里的市集。宋代部分紧临州县的草市发展成新的居民点或商业区。作者自注"四郭皆有市"。沙城:临海城池,多以沙土筑城。作者自注"邦人为郡城杂以沙,故易颓"。

赏　析

这组诗属于和作,唱和对象马玠是庐州人,其《四明杂诗》(今不存)大抵以游客眼光摹写四明风光,而舒亶作为本地人,通过细腻的笔触为友人介绍故乡风土人情。此诗着重描绘四明人文荟萃与商业繁荣。开篇提及的红莲阁、清澜池是历任守官创建的标志性建筑,通过风景名胜反映当地政教昌明。宁波是宋代朝贡、贸易的重要港口,富商显宦纷至沓来,时代和地域共同造就了这颗东南明珠。前两联笔势恢宏,先定基调,继而转入细微。草市是自发的交易场所,"朝朝合"说明物阜民丰、需求旺盛。沿海土壤多沙,用来修城容易崩坏,"岁岁修"三字体现吏治勤勉。诗中所有意象看似平淡,实即经过作者刻意选择,意涵丰富。宋初施行榷茶制度,商贾不得直营,嘉祐年间禁榷通商,明州雨前茶质量最佳,大受追捧,尾句"半属贾船收"正是当地特产富有商业竞争力的写照。

芦山寺（其一）[1]

江云扶雨暖溶溶，来往东西只信风。

早晚晴阴浑不定，青山半在有无中。

（《舒懒堂诗文存》补遗）

注 释

[1] 芦山寺：在今余姚市河姆渡镇，始建于唐乾元元年（758），曾一度与天童寺、雪窦寺齐名浙东。

赏 析

舒亶一生颇富争议，一方面他与李定弹劾苏轼，酿成"乌台诗案"；另一方面他积极推行变法，略有边功。他在中年为御史中丞后，废斥二十年，放浪四明山水，创作了大量诗歌，《鄞县志》称"凡鄞之胜地，率以亶诗著"。八首《芦山寺》诗便是其中的典型。此诗前两句写云雨暧昧的景象，裹挟着雨的云，不由自主，任凭风向往来飘荡。当年朝堂上的时局就像这阴晴不定的天气，局中人就像飘荡的云雨，谁能料到最终结果呢？亘古不移的青山常被文人寄予超拔、坚定的理想，一片云雨迷离之中唯有青山时隐时现。作者生平遭际，此诗不着一言，却又淋漓毕见。宋诗长于说理，若乏诗意便沦为道学讲章，舒亶此诗寓意于景，不粘不滞。

晁说之

晁说之（1059—1129），字以道，号景迂生，济州巨野（今属山东）人。晁补之从弟。北宋元丰五年（1082）进士。知定州无极县时，坐元符应诏上书入党籍，谪监嵩山中岳庙、陕州集津仓。大观四年至政和二年（1110—1112），谪监明州造船场，居江北区桃花渡附近，其间作诗一百余首，颇多悲情。

见诸公唱和暮春诗轴次韵作九首（其二）

那识春将暮，山头踯躅红。[1]

潮生芳草远，鸟灭夕阳空。

乌贼家家饭，槽船面面风。

三吴穷海地，客恨极难穷。[2]

（《景迂生集》卷六）

注　释

[1]踯躅：杜鹃花的别名。　[2]三吴：泛指长江下游一带，明州属之。穷海：偏远的海边。客恨：此指迁谪而客居他乡之恨。

赏　析

　　这是暮春唱和次韵之作。诗人描写明州风物，却带着迁谪失意的主观情绪，以抒发"客恨"。首联扣"暮春"，谓我从山头杜鹃花已红遍而识得春之将暮。颔联写日暮所见，谓潮水从芳草绵延的远方涨来，飞鸟已经归巢，留下一片空漠的夕阳天。此借物寓情，芳草、归鸟、夕阳，都是诗词中离别主题的经典意象。颈联写明州人饭食、出行的日常生活特点，谓家家都以乌贼为食，出行乘坐槽船，每一面都会遭受风吹。言外之意，自己过不惯这样的生活。尾联直抒迁谪之恨，谓明州虽已是穷海之地，我的"客恨"却没有尽头。全诗虽借风物抒恨，但风物本身是客观的，"乌贼家家饭，槽船面面风"，则描写真切。

李 光

  李光（1078—1159），字泰发，越州上虞（今属浙江）人。崇宁五年（1106）进士，调开化县令，有政声。知常熟县。宣和二年（1120）为太常博士。后历多职，力主抗金。南渡后，累官至参知政事。因忤秦桧，安置藤州等地。秦桧死，得自便。卒谥庄简。李光为南宋名臣，忠义英伟，诗文词皆可观。《四库全书总目》评其诗"志谐音雅，婉丽多姿，大抵皆托兴深长"。

双雁道中[1]

晚潮落尽水涓涓，柳老秧齐过禁烟。[2]

十里人家鸡犬静，竹扉斜掩护蚕眠。

（《庄简集》卷六）

注 释

[1]双雁：在今余姚市兰江街道一带，宋时称双雁乡。　　[2]禁烟：指寒食节。

赏　析

　　本诗写行旅于宋代余姚县双雁乡道中的所见所感。姚江流经双雁乡，这一江段，岸边多生兰蕙，旧称蕙江，亦称兰江，至今留名。姚江通海，潮水能到达兰江，而见潮起潮落。江岸之上，有古道、田园、人家。本诗前二句写景并自然带出诗人行经此地的时间。"水涓涓"为"晚潮落尽"时的江水景象，"柳老秧齐"为寒食时节的植物景象，写来一片浑成。后二句写"十里"路上所见人家的景况，除了视觉，还调动了听觉、想象，写来宁静、祥和。尤其以"竹扉斜掩护蚕眠"结尾，托兴深长，所谓"卒章显志"，诗人爱国护民之意，有所寓焉。宋人张淏《云谷杂记》赞其"极清绝可爱"。

明　文俶　春蚕食叶图（局部）

史　浩

史浩（1106—1194），字直翁，自号真隐居士，鄞县（今浙江宁波）人。南宋绍兴十四年（1144）进士，为余姚尉。历温州教授，召为太学正，迁国子博士。三十年（1160），权建王府教授。孝宗即位，为中书舍人，迁翰林学士、知制诰，寻除参知政事。隆兴元年（1163）拜尚书右仆射、同中书门下平章事兼枢密使。淳熙五年（1178）拜右丞相。十年（1183），致仕。封魏国公。有《鄮峰真隐漫录》五十卷。

夜合花　洞天[1]

三岛烟霞，十洲风月，四明古号仙乡。[2]萦纡雉堞，中涵一片湖光。[3]绕岸异卉奇芳。跨虹桥、隐映垂杨。玉楼珠阁，冰帘卷起，无限红妆。[4]

龙舟两两飞扬。见飘翻绣旗，歌杂笙簧。清樽满泛，休辞饮到斜阳。[5]直须画蜡荧煌。[6]况夜深、不阻城隍。[7]且拚沉醉，归途便教，彻晓何妨。[8]

（《鄮峰真隐漫录》卷四七）

注　释

[1]洞天：指四明洞天。南宋淳熙中，孝宗下旨把明州城内月湖原郡酒务处这块地赐给史浩，并拨银万两在竹洲为史浩建一座府第，史浩始在月湖竹洲建了一座"真隐观"。他在园内"累石作山，引泉为池，取皮、陆《四明山九咏》，仿佛其亭榭动植之形容"，称之为"四明洞天"。　　[2]三岛：托名东方朔的《海内十洲记》载，巨海中有十洲三岛。三岛为蓬莱、方丈、瀛洲。十洲：北宋刘颁所筑月湖十洲。史浩此处因月湖"十洲"，连带用神话传说"十洲三岛"之名。　　[3]萦纡：回旋曲折。雉堞：泛指城墙。　　[4]冰帘：水晶帘。　　[5]清樽：清酒。　　[6]画蜡：画烛。荧煌：闪耀辉煌。　　[7]城隍：城墙和护城河。月湖在城内，故宴饮再晚也不用担心城门关闭。　　[8]拚：豁出去，不顾惜。

赏　析

　　史浩创作了"四明洞天"系列词，极尽铺排之能事，最能体现其词富贵宏丽的特色。这个四明洞天，是史浩构想的世俗化的仙境系统的模型，与道教不离现世之境的逍遥自在是相吻合的。此词一开头即以"四明古号仙乡"为全词奠定基调。上片细致描绘了四明洞天的湖光水色，然后推出中心画面：真隐观所在，玉楼珠阁，卷起珠帘，见无限红妆。视角由远及近、由大及小，由壮阔而婉约。下片先从视觉和听觉写竞渡的热闹，继而以时间为线索，由昼到暮、由暮到夜、由夜到晓，层层推进，尽情抒写了宴会的热烈氛围和与会者的沉浸之乐。史浩这首词以月湖为依托，坐享人生之乐，又将人生之乐提升至仙境之乐。作者使用金玉锦绣之词，刻意营造出人间仙乡气息。

粉蝶儿 咏圆子[1]

玉屑轻盈，鲛绡霎时铺遍。[2]看仙娥、骋些神变。[3]咄嗟间，如撒下，真珠一串。[4]火方燃，汤滚尽浮锅面。　　歌楼酒垆，今宵任伊索唤。[5]那佳人、怎生得见？[6]更添糖，拚折本，供他几碗。[7]浪儿们，得我这些方便。[8]

（《鄮峰真隐漫录》卷四七）

注　释

[1]圆子：宋代的一种小吃。宋吴自牧《梦粱录》卷一六"荤素从食店"条下并列有圆子、汤团、水团，则可知宋代的圆子不全同于汤团。但从史浩词中所写圆子的做法、煮法看，与今之汤圆十分近似。　[2]玉屑：形容做圆子的粉。鲛绡：传说中鲛人所织的绡。此乃对绡的美称。[3]仙娥：美女。　[4]咄嗟：犹言"咄嗟之间"。一呼一诺之间，表示时间极短。真珠：即珍珠。　[5]酒垆：卖酒处安置酒瓮的砌台。借指酒肆、酒店。索唤：索要。　[6]怎生得见：怎么不见佳人来买吃。[7]折本：赔本，亏本。　[8]浪儿：指风流子弟。

赏　析

　　宁波汤圆无疑是宁波的一大文化符号。宁波人对于汤圆的喜爱至少可以追溯到南宋之时，史浩写出的咏圆子词即是明证。此词上片写美人做圆子、煮圆子，如同变戏法一般，手法熟练。下片写到卖圆子。在灯火辉煌的元宵夜，各家歌楼酒垆的客人都不免叫上一碗圆子来吃。卖家为招揽生意，尽量让顾客满意，宣布"今夜任伊索唤"，亦颇有点"顾客至上"的味道。卖家为了讨佳人的欢心，甚至情愿做亏本买卖。当然，卖家不仅以添糖来笼络佳人之心，而且也尽量以"方便"的服务迎合公子哥儿，让他们"得我这些方便"，吃个痛快。下片写出了卖家针对不同的客户分类服务，殷勤且周到。全词写得活泼生动，情景逼真，词语通俗朴实，趋俗中自饶佳味，能透见市井风采，在宋人词作中可谓别开生面。

释昙莹

释昙莹,生卒年不详,号萝月,浙江嘉兴人。住临安退居庵,洪迈曾见其说《易》。有诗名,曾游历浙东。著有《珞琭子赋注》二卷。

姚 江

沙尾鳞鳞水退潮,柳行出没见渔樵。[1]

客船自载钟声去,落日残僧立寺桥。

(《增广圣宋高僧诗选》卷下)

注 释

[1]沙尾:指滩尾,沙滩的边缘。

赏 析

此诗首两句写送别之时特定的空间之景:江潮退去之后,江边露出鳞状的沙滩,这是潮水作用所致;江岸上绿柳成行,不时有渔夫和樵夫出没其间。作者以疏笔写景,渲染出清冷的氛围。后两句巧妙抒情。写客船自去,暗示客人当初乘船而来,踏入江边寺院，虔诚地拜佛参禅，如今扬船自去，似乎载走了寺中清幽的钟声，暗示其人此行参禅的圆满。客船已经在江边消逝，落日之下唯剩一僧久久地伫立在寺外桥边，望江滩如鳞，看渔樵渐隐，见夕阳冉冉。作者以特写镜头结尾，寄送别情于苍茫景色之中，将空寂之意表现得淋漓尽致。

释晞颜

释晞颜,生卒年不详,字圣徒,号雪溪,奉化人。天台宗法久法师嗣法弟子,兼通禅律。晚年主持桃源厉氏庵,专志念佛,精进不懈。

普和寺[1]

朱楼绀殿半江村,石壁深藏佛影昏。[2]

最好夜深潮水满,橹声摇月到柴门。

(《圣宋高僧诗选》续集)

注 释

[1]普和寺:即普和院,位于今宁波市海曙区鄞江镇响岩。《宝庆四明志》卷一三"普和院,(鄞)县东南五十五里。(后)汉乾祐二年建,名灵影。皇朝庆历四年,赐今额"。　[2]绀殿:指佛寺。

赏 析

本诗写普和寺的宏大及诗人身在寺中心照外物所获得的禅悦。前二句谓普和寺外观辉煌,占据了半个江村;寺内,石壁佛龛中深藏佛像。后二句,谓在寺中参禅,最喜欢夜深潮满之时,听到橹声传来,那是有村民摇月而归。诗人澄怀味象,观照参悟。本诗止于"象",而神思超于象外。诗人无须说出自己所获之"意",却用了"最好"一词,分明已得其趣。

宋　燕肃(传)　深山塔院图

赵长卿

赵长卿,生卒年不详,自号仙源居士,江西南丰人。宋宗室子,终身未仕,觞咏自娱。到过临安、四明、豫章、建康等地。词作极多,远师南唐,近承晏、欧,著有《惜香乐府》。

卜算子 四明别周德远[1]

闲路踏花来,闲逐清和去。[2]来去虽然总是闲,多少伤心处。　　红碧好池塘,朱绿深庭户。随分山歌社舞中,且乐陶陶趣。[3]

(《惜香乐府》卷四)

注　释

[1]周德远:太学生。楼钥《攻媿集》卷四有《周德远挽词》"家世传儒业,乡邦耸义风。将迎无倦色,交友尽名公。太学飞声早,浮生转首空。怡如堂下月,犹照紫荆丛"。作者自注"汝能之兄"。周德远生平略见于此。考其弟周汝能为会稽人,则周德远亦为会稽人。　　[2]踏花:踏青,游春。清和:天气清明和暖。　　[3]随分:随意。社舞:指民间歌舞。

明　杜琼　友松图

赏　析

　　赵长卿纵游山水，遁世隐居，其词作表现出对现实政治的完全脱离，并有一种心平气和的心态。此词名为送别，实际却是向友人宣示自己的人生态度。上片以"闲"为词眼，无论是踏花来，还是逐清和，表面上看来都是"闲"，其实潜藏着触景伤情的危机，这样的"闲"一点也不轻松。下片词人给出了另一种活法：选择门对好池塘的隐居环境，以随分之态度彻底融入底层社会，在山歌社舞的世俗生活中，获得陶陶乐趣，这才是解放了心灵之后真正的"闲"。在词人眼里，四明地区适宜隐居，此词在不经意中带出了四明乡村"山歌社舞"的生活样貌。

陆 游

陆游（1125—1210），字务观，号放翁，越州山阴（今浙江绍兴）人。南宋绍兴二十四年（1154）应礼部试，被秦桧黜落。孝宗时赐进士出身。中年入蜀。后官至宝谟阁待制。晚年闲居山阴。具有多方面文学才能，尤以诗歌成就最大，自成一家，被誉为南宋"中兴四大诗人"之一，今存诗九千三百余首。

游 鄞[1]

晚雨初收旋作晴，买舟访旧海边城。[2]
高帆斜挂夕阳色，急橹不闻人语声。
掠水翻翻沙鹭过，供厨片片雪鳞明。
山川不与人俱老，更几东来了此生？

（《剑南诗稿》卷一八）

注 释

[1]淳熙十三年（1186）春，朝廷任命陆游知严州。夏，陆游从山阴乘船出发，经上虞入余姚，沿姚江来游鄞地山川，其游历在《游鄞》《发丈亭》《明州》等多篇诗中清晰可见。　[2]访旧：指访问老朋友史浩。

陆游游览了史浩在月湖畔的"四明洞天",并作诗,惜佚。史浩有《次韵务观游四明洞天》诗存世。海边城:指明州州城。

赏　析

　　该诗作于陆游本次游鄞的出发之初。首联交代了出发时间、天气、出行方式、出游目的地,叙事紧凑。中间二联措写江上行船的见闻和经历,兴致盎然。"高帆"句,甚有画意。"夕阳色"呼应上联"晚雨初晴"。"急橹"句表现船速。"掠水"句描写沙鹭翩跹,引人观赏,诗人一路水行不感孤独。"供厨"句描写船上美食,"片片雪鳞明",极具视觉冲击力,必当朵颐自快。尾联直抒游鄞的情怀,感叹人生短暂,山川不老,自问还能再来游历几次呢?此为已经年过花甲,长期痛伤北方沦丧,自身又有着极为坎坷经历的诗人之真情流露。

明　州

丰年满路笑歌声,蚕麦俱收谷价平。

村步有船衔尾泊,江桥无柱架空横。[1]

海东估客初登岸,云北山僧远入城。[2]

风物可人吾欲住,担头莼菜正堪烹。

(《剑南诗稿》卷一八)

注 释

[1]村步：村边泊船处。步，通"埠"。江桥：指明州城外奉化江上的浮桥。浮桥最初为唐代明州刺史应彪所建，又称灵桥。后屡坏屡建。　　[2]海东：大海以东地带，指日本、高丽等国。估客：行商。云北：四明山中一地名。山僧：作者自注"仗锡平老出山来迎予"。仗锡平老，即四明山杖锡寺释法平，俗姓不详，字元衡，嘉禾人。陆游另有与平老交往的诗歌存世。

赏 析

　　陆游本次来游，增广了见闻，对四明评价极高。首联记叙丰年人乐。"满路笑歌声"，情景动人；"蚕麦"句，具体坐实丰年。中间两联写风物人情，特色鲜明。谓村埠头的船只有序地停泊着，首尾相连；江桥竟然没有桥柱支撑，只是横空架在一排浮船上。诗人正饶有趣味地观看海东来的商人下船登岸，忽然发现从四明山云北远道而来迎接自己的平老法师，已经进入城门。尾联顺势抒情，诗人已觉明州风物可人，产生了强烈的"欲住"念头，忽又见人挑着莼菜经过，便信手拈来，再以美食增厚其"欲住"之意。原来陆游即将去严州上任，此处写莼菜堪烹，为妙用晋人张翰思莼羹而辞官之典故。全诗有多方面含蕴：明州风物极具江南和海洋特色，物产丰饶，景物新奇，人情纯美，是一个可以满足人们诗意栖居的好地方。

楼　钥

楼钥（1137—1213），字大防，号攻媿主人，鄞县人。宋隆兴元年（1163）进士，出知温州。光宗即位，迁国子司业、太府少卿，擢起居郎中，兼权中书舍人。因反对韩侂胄专权，出知婺州，移知宁国府。庆元党禁后，乞归。开禧三年（1207）韩侂胄被诛后，起用为翰林学士，不久任吏部尚书兼翰林侍讲。嘉定二年（1209）擢参知政事。著有《攻媿集》。

大梅山[1]

此山名大梅，驱车入山麓。

试问山中人，山名竟谁属。

禅家开道场，为说梅子熟。[2]

仙家指为岩，曾此隐梅福。[3]

或云古有梅，其大蔽山谷。

至今二梅梁，灵乡皆其族。

他山抗惊湍，禹祠横殿屋。[4]

三者尚谁凭，禅师有遗族。

余皆不可辨，安得究图录。[5]

但爱山又山，乔林间修竹。

（《攻媿集》卷三）

注　释

[1]大梅山：在今宁波市鄞州区横溪镇东南。　[2]禅家：指唐释法常，俗姓郑，湖北襄阳人。幼出家于荆州玉泉寺。后师马祖道一。贞元十二年（796），居鄞之大梅山，世称大梅和尚。开成初建成道院，四方僧侣请益者甚众。梅子熟：佛家表示即心即佛，功夫已经到家。《五灯会元》卷三"明州大梅山法常禅师传"云："庞居士闻之，欲验师实，特去相访。才相见，士便问：'久向大梅，未审梅子熟也未？'师曰：'熟也，你向甚么处下口？'士曰：'百杂碎。'师伸手曰：'还我核子来。'士无语。"　[3]梅福：字子真，九江寿春人。汉元始中王莽专政，梅福一朝弃妻子，去九江，相传以为仙，其后人声称在会稽见到梅福，故浙东一带殊多关于梅福遗迹的传说。相传大梅山为梅福隐居之所。[4]他山：即它山，在今海曙区鄞江镇，有世界灌溉遗产它山堰水利工程。相传它山堰有大梅木枕卧堰中，历千余年不朽，称梅梁。禹祠：指绍兴的大禹陵。宋祝穆《方舆胜览》卷六《浙东路·梅梁》云："在禹庙中。按《四明图经》：大梅山在鄞县东七十里，盖汉梅子真旧隐也。山顶有大梅木，其上则伐为会稽禹庙之梁，其下则为它山堰之梁。禹庙之梁，张僧繇画龙于其上，夜或风雨，飞入镜湖与龙斗，后人见梁上水淋漓，而萍藻满焉，始骇异之，乃以铁索锁于柱。《旧经》云：梁时修庙，忽风雨飘一梁至，乃梅梁也。"　[5]图录：指地方志一类的书籍。

赏　析

　　一个地方的地名往往有不同的传说，这常让旅游者感到很纠结。鄞县大梅山常年葱郁，山高林密，风景秀丽，吸引文人雅士来此寻仙访禅。楼钥这首诗写得非常有趣，对鄞县大梅山一名的来历一一列出，禅家、仙家都有自己的说法，民间则有梅树和梅梁的传说，孰是孰非，连博学的楼钥都不能辨别。诗人虽然提出了问题，但并不想作一番认真的考证，而是豁达地说：众说纷纭又有什么关系呢？只要山青可爱，就足够让旅游者在对地名的迷茫中欣然开怀了。旅游者从对山川自然美的欣赏，转换到对意义的追寻，从而更彰显了文化的感性力量。

登育王山望海亭 [1]

瘦藤拄破山头云，山蹊尽处开危亭。[2]

平田万顷际大海，海无所际空冥冥。[3]

乾端坤倪悉呈露，飞帆去鸟无遗形。[4]

蓬莱去人似不远，指点水上三山青。[5]

褰裳濡足恐未免，傥有飙驭吾当乘。[6]

是中始觉宇宙大，眼力虽穷了无碍。

云梦八九不足吞，回视尘寰一何隘。[7]

曾闻芥子纳须弥，漫说草庵含法界。[8]
看我振衣千仞冈，笑把毫端卷烟海。[9]

（《攻媿集》卷一）

注　释

[1]育王山：即阿育王山，在今宁波市鄞州区五乡镇。《宝庆四明志》"在鄮山之东，高数百仞。昔阿育王见灵，建寺其下，因以名山"。　[2]瘦藤：指藤条做成的手杖。　[3]际：交界，连接。　[4]乾端坤倪：天地显示的征兆。　[5]三山：传说中的海上三座神山，即蓬莱、瀛洲、方丈。　[6]褰裳：撩起下裳。濡足：沾湿脚。飙驭：神驾。　[7]云梦：云梦泽，古大泽名。　[8]芥子纳须弥：谓微小的芥子中能容纳巨大的须弥山。语出《维摩经·不可思议品》。芥子，芥菜的种子。须弥，古印度传说中的须弥山。草庵：草房，此指小寺庙。法界：佛教语，泛称各种事物的现象及其本质。　[9]振衣千仞冈：谓于高山顶上抖衣，去除在尘寰沾染的灰土。语出西晋左思《咏史》"振衣千仞冈，濯足万里流"。

赏　析

在宁波区域内，适宜观海的地点很多。"望海""观海"之类的地名、楼台亭阁名，不在少数。常有诗人登临，诗情澎湃，浩歌长吟。本诗是楼钥登临阿育王山望海亭之作。开头二句叙登顶，"瘦藤"句之表述，极有意趣。"平田"以下十四句，写望海的所见所感，实景、联想、议论结合，表现大海的浩瀚和所引发的宇宙意识，意兴飞扬。观海悟理，因阿育王山为佛教圣地，便随机引入佛理，"曾闻"二句，可谓妙手拈来。结尾直抒豪情，行为潇洒，意态从容，情怀超迈。"毫端卷烟海"，可作两层意解：一是说烟海景象，都收笔底；一是言蘸烟海以为墨，濡染出此诗。

小溪道中（其二）

后衕环村尽溯游，凤山寺下换轻舟。[1]

舟人努力双篙急，引得清溪逆岸流。

（《攻媿集》卷九）

注　释

[1] 后衕：又作后弄，即今宁波市海曙区龙观乡后隆村。环村：在小溪，即今海曙区龙观乡桓村。清徐兆昺《四明谈助》卷三五"西石山·冷水庵"条云"涉大溪为环村，稍北为后衕"。凤山寺：原名凤山院，宋赐名法慈院。

赏　析

　　小溪，今海曙区鄞江镇一带的古称。楼钥《小溪道中》二绝以敏于捕捉错觉见长。前一首"簇簇苍山隐夕晖，遥看野雁着行归。久之不动方知是，一搭碎云寒不飞"，写在行舟上观赏簇簇相连的苍山，先是看见野雁成队飞归，然后才从野雁"久之不动"的现象中，恍悟是一搭碎云。这一首写的是脚下错觉，因舟船用力逆流而上，一时造成乘客视觉上溪水倒流的假象，衬托出船工"急"撑双篙的"努力"。没有逆水行舟经验的人是难以发现这一现象的。楼钥此诗准确地描绘了这种一般人未能发现的现象、未能道出的感觉，天趣浑成。

郑清之

郑清之（1176—1252），字德源，晚号安晚，鄞县人。南宋嘉定十年（1217）进士。参与史弥远拥立理宗谋。绍定三年（1230）为参知政事。绍定六年（1233）史弥远死后，拜右丞相兼枢密使。端平二年（1235）进左丞相。淳祐七年（1247）复拜右丞相兼枢密使。著有《安晚堂集》。

题雪窦千丈岩

并海危峰驾六鳌，招提深处绿周遭。[1]

樛松直上睡龙起，怒瀑飞来风虎嗥。[2]

坐向亭空云作伴，待看身与月争高。

山灵意我酬清赏，为酌冰泉读楚骚。[3]

（《安晚堂诗集》卷一〇）

注　释

[1]六鳌：神话中负载岱舆、员峤、方壶、瀛洲、蓬莱五仙山的六只大龟。招提：寺院的别称。　[2]樛松：盘结的松树。风虎：虎啸生风，故称风虎。　[3]楚骚：指屈原的《离骚》。

赏 析

　　首联刻画千丈岩之高峻稳重和寺院之幽静环境。谓挨着大海的高峰千丈岩岿然屹立，如有六鳌负载；寺院坐落在高深之处，绿色环绕。颔联描写岩上怪松和飞瀑。谓盘曲的松树直上高崖，好似睡龙起身腾空；汹涌而来的瀑布如同老虎咆哮。以上二联是以全知视角写景。颈联写登高后，在亭中休憩。谓我坐在悬崖边的亭中，有闲云为伴；待到月亮出来的时候，我身可与月亮争高。尾联书怀，谓山神懂我，要酬谢我之清赏，以清凉的泉水相酌，伴我读《离骚》。结尾含蓄，诗当作于诗人失意之时。亲和山水，通常是古代传统文人获取慰藉的自然选择。

赵以夫

赵以夫（1189—1256），字用父，号虚斋，又号芝山老人，福建长乐（今属福州）人。南宋嘉定十年（1217）进士，嘉熙二年（1238）除沿海制置副使兼知庆元府、同知枢密院事。著有《虚斋乐府》。

贺新郎 四明送上官尉归吴[1]

满酌蓬莱酒。[2]最苦是、中年作恶，送人时候。[3]一夜朔风吹石裂，惊得梅花也瘦。更衣袂、严霜寒透。卷起潮头无丈尺，甚扁舟、拍上三江口。[4]明月冷，载归否？　　分携欲折无垂柳。[5]但层楼倚徙，两眉空皱。[6]海阔天高无处问，万事不堪回首。况目断、孤鸿去后。[7]玉样松鲈今正美，想子真、微笑还招手。[8]且为我，饮三斗。

（《虚斋乐府》卷上）

注　释

[1]上官尉：生平不详。尉，县尉。吴：今江苏苏州一带。　　[2]蓬莱

酒：即蓬莱春，宋代越州名酒，载于《名酒记》。清梁章钜《浪迹三谈》以为蓬莱酒"盖即今之绍兴酒"。今人或谓蓬莱酒为仙酒。　　[3]作恶：悒郁不快。　　[4]无丈尺：意谓不知道潮头有多高，指潮水汹涌。三江口：姚江、奉化江、甬江三江交汇处。　　[5]分携：分别。　　[6]倚徙：徘徊。　　[7]目断：目尽。　　[8]玉样：美玉一般。松鲈：松江四鳃鲈，以味美著称。此处暗用晋人张翰典。子真：汉代隐士谷口郑子真。汉扬雄《法言·问神》云："谷口郑子真，不屈其志而耕乎岩石之下，名震于京师，岂其卿？岂其卿？"后代指隐居躬耕、修身自保的隐士。

赏　析

　　此词为赵以夫知庆元府时，在三江口送别友人上官尉之作。上片写送别，竭力渲染送别时的环境气氛，呈现送别者的心境。从一夜朔风吹石裂、惊得梅瘦到严霜寒透衣袂，由物到人，层层逼进。呼啸的北风，致使石为之裂，花为之惊，此皆为离别而设，属缘情布景之法。又由一夜朔风而起的汹涌浪潮，拍打上送别地点三江口，不禁为行舟人担忧。于是问此去前路迢迢，一路上是否有冷月陪伴。不说相随，而说"载归"，更有意趣。下片写别后的情景。分手时意欲折柳，可恨的是冬日的江畔竟然无柳可折，只有徘徊于港城层楼之上，空自皱眉而已。海阔天高，无处问讯，已让人极为难堪，何况孤鸿目断，相思谁寄？最后落到友人的归地，以寄语友人代饮三斗来抒发相思，也透出了词人欲归而从之的心愿。全词情浓词苦，富有感染力。

史弥宁

　　史弥宁,生卒年不详,字清叔,一字安卿,鄞县人。史浩之侄,史源之子。南宋嘉定中以国子舍生莅春坊事,带阁门宣赞舍人,除忠州团练使。两知邵州,累官右史。擅诗,多为近体。

东湖泛舟[1]

　　扁舟去稳似乘槎,瞥眼轻鸥掠浪花。[2]
　　绝爱陶公山尽处,淡烟斜日几渔家。[3]

(《友林乙稿》)

注　释

[1]东湖:即东钱湖。清李暾《修东钱湖议》云"鄞治东三十余里有湖,曰东湖"。　[2]乘槎:乘坐竹木筏。传说天河与海通,有人乘槎浮海而至天河,遇织女、牵牛。见晋张华《博物志》卷一〇。　[3]陶公山:即东钱湖陶公半岛。民间相传,越大夫范蠡功成身退,号陶朱公,偕西施隐居垂钓于此。

赏　析

　　诗人一叶扁舟稳泛于东钱湖上，水天一色，于是产生了神话传说中的昔人乘槎浮海而至天河的感觉。可是昔人在天河上遇牛郎、织女，竟茫昧不知其谁何。而今诗人所遇，则是充满了诗情画意：轻鸥在水面掠浪花而飞翔；经过陶公山下，见淡烟斜阳中几户渔家安宁祥和，令其赏爱不尽。此皆远胜于昔人之游。诗人如此写来，给予东钱湖人物、景物以热情赞美。

吴　潜

吴潜（1195—1262），字毅夫，号履斋，宣州宁国（今安徽宁国）人。嘉定十年（1217）进士。端平三年（1236），知绍兴府，兼浙东安抚使。嘉熙元年（1237），知庆元府，改平江府，奉祠。三年（1239），为沿海制置使兼知庆元府。淳祐十一年（1251），为参知政事，拜右丞相兼枢密使。宝祐四年（1256），除沿海制置使、判庆元府。于月湖北筑水则，以为水利计。开庆元年（1259），拜左丞相兼枢密使，封许国公。以忠亮刚直，被贾似道等人排挤，罢相，谪建昌军，徙潮州、循州。景定三年（1262），卒于贬所。擅诗词。

高桥舟中（其二）[1]

小麦青青大麦黄，海乡风物亦江乡。[2]
篮铺蚕种提归急，肩夯牛犁出去忙。[3]
春涨半篙波潋滟，晓山一带色微茫。
东风客子思归切，不待啼鹃也断肠。

（《开庆四明续志》卷一〇）

注 释

[1]高桥：距庆元府城西约五千米，在大西坝与西塘河汇合处。始建时间不详，南宋绍兴年间重建，宝祐四年（1256）吴潜重修。本题下作者自注"己未四月初六日"。己未为开庆元年（1259）。　[2]江乡：多江河的地方，此指江南水乡。　[3]夯：用力扛。

赏 析

　　古代官员春来要循行乡间，劝课农桑。吴潜在庆元（今宁波）为官，忠勤职事。《高桥舟中》二首，写自己出城视察农事。这是第二首，写沿西塘河乘舟远行至高桥，了解和观察生产情景。诗写农事，首句便顺手拈来"小麦青青大麦黄"的俗语，展现一派丰收在望景象，颇有田园气息。"海乡"句，谓庆元地处海边，同时也是江南水乡。此句虽极概括，却能唤起"江乡"风物可人、土地肥沃、出产丰饶、人民勤劳、民风淳朴等意识。颔联选择行途中所见的典型农事，刻画农民忙着育蚕和春耕的情景。"急""忙"二字，体会真切。颈联紧扣舟行写景，上句近景，后句远景，画出高桥一带的春景图。尾联抒发思乡之情。吴潜家乡宁国，亦是"江乡"，庆元以上诸般情景，都与诗人家乡相似，所以唤起他浓浓的思归之情。与北宋王禹偁《村行》"何事吟余忽惆怅，村桥原树似吾乡"，属同类感怀。

释正忠

释正忠,生卒年不详,字月庭,灵隐退耕宁禅师法嗣。活动于宋末元初。

天童知客 [1]

月团秋碾鄞江璧,蟹眼松翻万树涛。[2]

苦口为他门外客,可无半个齿生毛?[3]

(《江湖风月集译注》卷之下)

注 释

[1]知客:又称典客、典宾,佛寺中专管接待宾客的僧人。 [2]月团:团茶的一种。蟹眼:比喻水初沸时泛起的小气泡。 [3]齿生毛:板齿(门牙)上不可能生毛,禅宗因用齿生毛来比喻不可思议的禅境。赵州以"板齿生毛"表示禅之第一义不可说。

赏 析

释正忠此诗首二句句法奇特,目的是突出"月团"和"蟹眼"。从"月团""璧"看,当为团茶。第一句写天童禅院的知客碾磨高档的团茶招待佳客,第二句写烹沸的情景:茶汤初沸时发出的响声犹如松涛之声。重点在三、四两句,写烹茶待客兼说禅,皆一语双关。"苦口"既指茶性之苦,也指苦口叮咛,此亦为知客的职责所在。此"苦"更关合佛教的苦谛。"门外客"既指宾客,也指未得禅道之人。"齿生毛"原本以不可能发生的事表示说不得,加上"半点"之后即转化为肯定,足见禅诗对语言的活用。知客的苦口其实毫无用处,因为语言在表达禅的本体时显得苍白无力,还不如门外客自己直契不可言说的苦谛为妙。此诗寓禅于事,处处双关,构思颇为巧妙。

宋　林庭珪、周季常　五百罗汉图之吃茶(局部)

陈　著

　　陈著（1214—1297），字子微，号本堂，晚年号嵩溪遗耄，浙江奉化剡源（今奉化溪口）人。宝祐四年（1256）进士。景定元年（1260）为白鹭书院山长。四年（1273），除著作郎，以忤贾似道，出知嘉兴县。咸淳十年（1274），以监察御史知台州。宋亡，隐居剡源。著有《本堂文集》。

筠溪八景　桃崖暄日[1]

盛阳淑气满岩前，误认仙桃开洞天。[2]

根老种传王母颗，花娇色映武陵田。[3]

辉增晴旭香盈袖，影落溪流锦障川。

几度游山偏著眼，世传春信岂无缘。

（《剡源乡志》卷五）

注　释

[1] 筠溪：当为奉化剡源的一条支流。桃崖：当指四明山南麓徐凫岩下桃花坑（今属奉化溪口）。清赵霈涛辑《剡源先正祠全录》卷上云"竺汝舟，字子济，号筠溪，隐桃花坑山"。其号筠溪与桃花坑山连

在一起，可见两者实在同一区域。　　[2]盛阳：旺盛的阳气。淑气：温和之气。　　[3]王母颗：即王母桃，神话传说为西王母所植。唐段成式《酉阳杂俎续集·支植下》"王母桃，洛阳华林园内有之，十月始熟，形如栀楼。俗语曰：'王母甘桃，食之解劳。'亦名西王母桃"。武陵：用陶渊明《桃花源记》故实。

赏　析

据黄宗羲《四明山志》记载，奉化栖霞坑原称桃花坑，"在二十里云之南。山岩壁立数仞，延袤数百丈，其石红白相间，掩映如桃花初发，故名"。这是丹霞地貌形成的自然景观。陈著在此诗中大发奇想，巧妙地引入神话故事，以为桃崖之"桃"乃王母所遗之种，不仅根老花娇，而且辉增晴旭，闻之竟然有"香盈袖"，视之则见影落溪流，缤纷满川。作者善于用神话传说演绎和阐释丹霞地貌形成的自然景观，幻想翩翩，色彩艳丽，诗中有画。

元　商琦　春山图（局部）

舒岳祥

舒岳祥（1219—1298），字景薛，一字舜侯，人称阆风先生，宁海县香山牌门舒人。宝祐四年（1256），与文天祥为同年进士，授奉化尉。友人陈蒙总饷金陵，聘舒岳祥入总幕。后多次应荐入朝。贾似道当国，辞官归，教授田里，筑有篆畦园。宋亡后，隐匿山乡。与奉化戴表元、鄞县袁桷等交往甚密。

十妇词（其一）

自归耕篆畦，见村妇有摘茶、车水、卖鱼、汲水、行馌、寄衣、舂米、种麦、泣布、卖菜者，作《十妇词》。[1]

前垄摘茶妇，顷筐带露收。[2]

艰辛知有课，歌笑似无愁。[3]

照水眉谁画，簪花面不羞。

人生重容貌，那得不梳头。

（《阆风集》卷三）

注　释

[1]篆畦：舒岳祥《篆畦诗序》自云"篆畦者，予宅西之小园也"。行馌：

给在田间耕作的人送饭。泣布：指织布。妇女织的布被豪吏所夺，仍不得不泣啼而织，故称。　　[2]项筐：斜口的竹筐。　　[3]课：赋税。

赏　析

舒岳祥关注农村现实生活，《十妇词》写村中妇女的十种劳作情景，表现了农村妇女从事劳动的广泛性，对其劳作之艰辛、生活之不易，寄予深切同情。本诗写采茶妇女。首联写她们清早就在地里采茶。"项筐带露收"之描写，景况真切，下面三联，均由此伏脉。颔联写她们苦中作乐。她们自知沉重的赋税是其艰辛的根源。"似"字精当，将其实有愁而强为歌笑（采茶歌）的情景传达了出来。颈联和尾联发议论。常理与不合常理相交织，获得丈夫的爱怜与温情，是女人的大愿，可是采茶妇女哪得时间让丈夫给自己画眉、簪花？爱美重容貌，是女人的天性，可是采茶妇女忙得连梳头都顾不上呢。全诗笔法婉曲，意脉流动，颇耐回味。

陈允平

陈允平,生卒年不详,字君衡,一字衡仲,号西麓,鄞县梅墟人。南宋淳祐三年(1243)为余姚令,罢去,往来吴越间,并留杭甚久,放浪山水间。德祐年间,授沿海制置司参议官。至元十五年(1278),以仇家告变,被捕,因同官袁洪援救得脱。自是杜门不出,名山中楼为"万叠云"。宋亡后,征至大都,不受官放还。著有《西麓诗稿》《西麓继周集》《日湖渔唱》。

一寸金

吾爱吾庐,甬水东南半村郭。[1]试倚楼极目,千山拱翠,舟横沙觜,江迷城脚。[2]水满蘋风作。[3]阑干外、夕阳半落。荒烟暝、几点昏鸦,野色青芜自空廓。　　浩叹飘蓬,春光几度,依依柳边泊。念水行云宿,栖迟羁旅,鸥盟鹭伴,归来重约。[4]满室凝尘澹,无心处、宦情最薄。何时遂、钓笠耕蓑,静观天地乐。[5]

(《西麓继周集》)

注 释

[1]吾爱吾庐：化用陶潜《读山海经》"众鸟欣有托，吾亦爱吾庐"。
[2]沙觜：亦作"沙嘴"，一端连陆地、一端突出水中的带状沙滩。
[3]蘋风：拂过水面的微风。宋玉《风赋》"夫风生于地，起于青蘋之末"。　　[4]栖迟：漂泊失意。羁旅：寄居他乡的旅客。"鸥盟"二句：形容隐居江湖的人，与鸥鹭为伴侣，如有盟约。　　[5]静观：指静默地观察事物。

赏 析

　　宋末格律派词人大多师法周邦彦，他们不仅依照周词韵脚互相唱和，甚至模拟四声、平仄，到了亦步亦趋的程度。陈允平不少词作即属于此类，并结集命名为《西麓继周集》。"继周"便取绍继周邦彦之意。其创作过程就像"戴着镣铐跳舞"。《一寸金》首句化用陶诗，引出歌咏对象。此地水光山色奇绝，整个上片都在描绘周遭风景。下片一笔荡开，感叹往昔羁旅奔忙，虚负光阴，从而引出厌倦游宦、息机隐逸之情。理宗后期，陈允平频繁曳裾权贵之门，留下大量应酬诗词，这是江湖文人身不由己的真实境况。此词反复表达平居之乐，或许只是一种向往。末韵以"何时遂"发问，可见作者依然未能超脱尘俗，他的"爱庐"只能是暂时栖心之所。

释祖元

释祖元（1226—1286），字子元，号无学，俗姓许，鄞县翔凤乡（今属鄞州区）人。无准师范禅师高足。咸淳五年（1269），被贾似道举任为台州真如寺住持，传法七年。后为逃避兵乱，进入雁荡山能仁寺。南宋亡后，祖元回到天童寺，投靠法兄环溪惟一，主持第一座。祥兴二年（1279），日僧使者到达天童山，祖元受北条时宗邀请，带着法侄镜堂觉圆、弟子梵光一镜等航海赴日，临行前环溪惟一把无准师范的法衣授给了祖元。同年八月，祖元一行到达日本镰仓，先住建长寺，北条时宗躬迎并"执弟子礼"。日本弘安五年（1282），镰仓圆觉寺建成，祖元任开山住持。传世有一真等编《佛光国师语录》。

怀太白 [1]

秋光瑟瑟漾勾丝，水碧沙明眼似眉。[2]
夜静不知沧海阔，几随宿鹭下烟矶。[3]

（《佛光国师语录》卷一〇）

注　释

[1]太白：指位于今宁波市鄞州区太白山麓的天童禅寺。　　[2]丝：谐音"思"。眼似眉：如眼似眉。化用宋王观《卜算子·送鲍浩然之浙东》"水是眼波横，山是眉峰聚"句意。　　[3]宿鹭：暗扣"宿鹭亭"。康熙《鄞县志》卷二三"宿鹭亭在天童寺外"。

赏　析

　　无学祖元赴日后创作的诗偈很多。晚年能回到故乡天童寺，是无学祖元的心愿，但由于各种原因，他无法返回祖国，于是有了绵绵不尽的乡思。这首诗因秋色而勾起乡思，怀想浙东眉眼盈盈的动人山水。夜深人静，沧海之阔亦无法阻隔思乡的翅膀，他的思绪早已飘到故乡，与天童寺的鹭鸟相追逐。回想当年，无学祖元是从宿鹭亭启程赴日的。其《结座》诗云："世路难危别故人，相看握手不知频。今朝宿鹭亭前客，明月扶桑国里云。"因此，宿鹭亭是其梦魂牵萦的地方。这首诗抒发了浓重的乡愁，以情真意切取胜。同时代日僧古剑妙快有《天童》诗："云间犬吠月明时，六户玲珑眼似眉。二十年来江海梦，几随宿鹭下霜池。"当深受祖元诗影响。

文天祥

　　文天祥（1236—1283），字履善，一字宋瑞，号文山，庐陵（今江西吉安）人。宝祐四年（1256）进士。曾知赣州、临安及任右丞相兼枢密使等职。德祐二年（1276）出使元营被扣，至京口脱逃，继续抗元，封信国公。景炎三年（1278）兵败海丰，为元将张弘范所擒，押赴大都，囚禁三年，于柴市从容就义。著有《文山集》《指南录》《指南后录》《吟啸集》。

乱礁洋 [1]

　　自北海渡扬子江，至苏州洋，其间最难得山，仅得蛇山、洋山大小山数山而已。[2] 自入浙东，山渐多，入乱礁洋，青翠万叠，如画图中。在洋中者，或高或低，或大或小，与水相击触，奇怪不可名状。其在两傍者，如岸上山。丛山实则皆在海中，非有畔际。是日风小浪微，舟行石间，天巧捷出，令人应接不暇，殆神仙国也。孤愤愁绝中，为之心广目明，是行为不虚云。

　　海山仙子国，邂逅寄孤篷。
　　万象画图里，千崖玉界中。[3]

风摇春浪软,礁激暮潮雄。

云气东南密,龙腾上碧空。

(《文山集》卷一八)

注 释

[1]乱礁洋:位于宁波象山县东北、涂茨镇东南海上,有岛屿和礁石多处,因名。 [2]蛇山:正德《崇明县志》卷一"蛇山,一名长山,在苏州洋,自县治东扬帆,西北顺风,半日余可到"。洋山:亦称羊山。雍正《浙江通志》卷九五"羊山屹立大海,东窥马迹,西应许山,南援衢洋,北控大小七山,此地之重者一也"。大洋山为浙江省嵊泗列岛的主岛。南宋绍兴年间,朝廷在大洋山置三姑都巡检寨。小洋山与大洋山隔海相望。 [3]玉界:神仙所居之处。

明 周臣 北溟图(局部)

赏　析

　　德祐二年（1276），南宋丞相文天祥自元营脱险而归，听说益王、广王在浙江永嘉，于是从北海渡扬子江至通州下海，前往温州朝见二王，兴师抗元。当乘坐的船只经过乱礁洋时，感慨万端，遂作《乱礁洋》诗。文天祥正处于"孤愤愁绝"的时刻，忽见到乱礁洋旖旎多姿、美不胜收的山海风光，顿时为之"心广目明"，发出了"海山仙子国"这一声赞叹。颔联更为具体地描绘了象山无与伦比的海蚀地貌景观。颈联中一"软"一"雄"，生动描绘了海水在不同环境下的自然形态，且富有象征意义。尾联，"云气东南密"暗示了东南地区无处不在的抗元力量，"龙腾上碧空"表示二王正如蛰龙腾空，复国有望。正是这片乱礁洋，让文天祥从"孤愤愁绝"的心境中走了出来，重新拾起信心，振作精神，继续投入抗元的事业中。

戴表元

戴表元（1244—1310），字帅初，一字曾伯，晚年自号剡源先生，奉化人。南宋咸淳中入太学，七年（1271）中进士。教授建宁府，迁临安教授。入元后于大德八年（1304）以荐为信州教授。调婺州，以疾辞。著有《剡源集》。

采藤行

君不见四明山下寒无粮，九月种麦五月尝。

一春辛苦无别业，日日采藤行远冈。

山深无虎行不畏，老少分山若相避。

忽然遇藤随意斫，手触藤花落如猬。[1]

藤多力困一鼜伸，对面闻声不见人。[2]

日昃将来各休息，妻儿懒拂灶中尘。[3]

须臾叩门来海贾，大藤换粮论斛数。[4]

小藤输市亦值钱，籴得官粳甜胜乳。[5]

明朝满意作晨炊，饱饭入山须晚归。

南村种麦空早熟，逐日扃门忍饥哭。[6]

（《剡源集》卷二八）

注 释

[1]猬：指猬毛。形容众多。 [2]颦呻：即嚬呻，忧愁叹息声。 [3]日昃：日过午而斜。将来：持来。 [4]海贾：海商。斛：古代一斛为十斗，南宋末改为五斗。 [5]输市：运到市集上卖。籴：买米。[6]扃门：关门。

赏 析

  这首诗写剡源山区一带农民的生产与生活状况：四明山区地势高寒，九月种麦，来年五月才能收获，小麦生长期长，加上农业税收繁重，山区农民若仅靠农田为生，常陷于饥馑。有的山民不得不在青黄不接的时节到远冈采藤，换钱买米。为了增加采藤量，他们选择无虎活动的深山，一家老少分山采斫。尽管山高路远，藤多力困，但能换来一家子暂时的饱腹，还是心满意足的。作者意在反映奉化山区农民的疾苦，具体记叙了山民采藤的原因、过程与收获，将采藤、种田和海商串联起来写，情节并不复杂，反映的生活面却很广。结尾两句笔锋一转，感情跌宕，谓南村麦虽然早熟，但空有收获（暗指已被官府剥夺），留给山民的则是"忍饥哭"，这类似于唐代新乐府"卒章显其志"的写法。

四明山中十绝 茶焙[1]

山深不见焙茶人,霜日清妍树树春。
最有风情是岩水,味甘如乳色如银。

(《剡源集》卷三〇)

注 释

[1]茶焙:即今余姚市四明山镇茶培村。

赏 析

　　四明山茶焙之地山树蓊郁,茶树遍野,此地历来因焙茶而得名。戴诗前两句是对茶焙之地幽深环境的歌颂。诗人将自然层次上的冷色转换为心理层次上的暖色,那种惊奇和振奋之情已经溢于言表。后两句是对泉水的鉴赏。茶焙之地更有岩中流出的潺潺泉水,风情独绝,观之其色如银,尝之其甘如乳,若以这样的水泡这样的茶,焉有不佳之理?诗人不但以各种色泽让读者饱眼福,而且这"味甘如乳"四字,最能唤起读者的味觉经验,仿佛一杯清香扑鼻的佳茗已经摆在面前。全诗清新明快,宛有竹枝词的风味。

明　文徵明　品茶图

仇　远

仇远（1247—1326），字仁近，一字仁父，号山村，又号山村民，人称山村先生，钱塘（今浙江杭州）人。宋咸淳中即有诗名，与白珽并称"仇白"。宋亡后以逸民自居，与周密、张炎等常相唱和。至元中出任溧阳州儒学教授，转宝庆路教授，不赴，改将仕郎、杭州路总管府知事。有《金渊集》《山村遗集》等。

八犯玉交枝　招宝山观月上[1]

沧岛云连，绿瀛秋入，暮景却沉洲屿。[2]无浪无风天地白，听得潮生人语。擎空孤柱。翠倚高阁凭虚，中流苍碧迷烟雾。惟见广寒门外，青无重数。[3]

不知是水是山，不知是树。漫漫知是何处。倩谁问、凌波轻步。[4]谩凝伫、乘鸾秦女。[5]想庭曲、霓裳正舞。[6]莫须长笛吹愁去。怕唤起鱼龙，三更喷作前山雨。

（《仇远集》卷九）

宋　马远　举杯邀月图

注　释

[1]招宝山：在今宁波市镇海区。《延祐四明志》"招宝山在定海县东北八里，一名候涛山"。又因山巅原建有"插天鳌柱塔"，又称鳌柱山。后因"商舶所经、百珍交集"，改称招宝山，寓"招财进宝"之意。主要景点有"鳌柱插天""千帆破浪""蜃楼现幻""山楼观旭""龙洞出云""梵台秋月""棋子枰""半山亭"等。　[2]绿

瀛：瀛洲。传说海中的三座仙山之一。　　[3]广寒：月宫。　　[4]凌波轻步：指洛神，语出曹植《洛神赋》"凌波微步，罗袜生尘"。　　[5]乘鸾秦女：指秦穆公女弄玉。见刘向《列仙传》。　　[6]"想庭曲"句：化用唐玄宗登月宫观《霓裳》舞的典故。

赏　析

招宝山位于宁波甬江出海口，素有"浙东门户"之称，山上观景极佳。此词描绘招宝山月夜景色。上片先写所见，兼写所闻，海天苍茫，四围阒寂，只听到潮声泼剌，仿佛幽人絮语；只看到岛影朦胧，若倚空凭虚。下片主写观月，进一步渲染虚空缥缈的意境。中间连续运用洛神凌波、弄玉乘鸾、月宫霓裳三个传说典故，增添浪漫色彩。结句"无中生有"，谓此景不须以长笛相和，怕唤起鱼龙行雨，遮蔽月华。全词避实就虚，不作正面描绘，而造语巧妙，意趣横逸。冯金伯《词苑萃编》极赏此词，认为下片"纵横之妙，直似东坡"。

张 炎

张炎（1248—1314后），字叔夏，号玉田，晚号乐笑翁，祖籍成纪（今甘肃静宁西南），定居临安（今浙江杭州）。南宋名将张俊之后。早年纵情湖山，与临安文人相互唱和。宋亡后家道中落，行踪遍布杭州、绍兴一带，与周密、王沂孙等交往酬唱，参与结社雅集。词的创作上，与蒋捷、王沂孙、周密并称"宋末四大家"。有词集《山中白云词》，词论著作《词源》。元至元三十年（1293）曾游四明。

三姝媚　送舒亦山游越[1]

苍潭枯海树。[2]正雪窦高寒，水声东去。[3]古意萧闲，问结庐人远，白云谁侣。贺监犹狂，还散迹、千岩风露。[4]抱瑟空游，都是凄凉，此愁谁语。[5]

莫趁江湖鸥鹭。怕太乙炉荒，暗销铅虎。[6]投老心情，未归来何事，共成羁旅。布袜青鞋，休误入、桃源深处。[7]待得重逢却说，巴山夜雨。[8]

（《山中白云词》卷一）

注　释

[1] 舒亦山：即舒君实，名襫，号亦山。　　[2]"苍潭"句：指雪窦山景物。海树，水边树木。　　[3] 雪窦：山名，在浙江奉化，为四明山之别峰。　　[4] 贺监：唐贺知章尝官秘书监，晚年自号秘书外监，故称。　　[5] 抱瑟：比喻不知投人所好。典出韩愈《答陈商书》"齐王好竽，有求仕于齐者，操瑟而往，立王之门，三年不得入"。　　[6]"怕太乙炉"二句：恐怕丹炉已荒，枉费铅汞。太乙炉，道家炼丹炉，用铅和汞入炉炼丹。铅虎，见《东坡志林》"龙者，汞也，精也，血也，出于肾。虎者，铅也，气也，力也，出于心"。　　[7] 布袜青鞋：代指便装简服。　　[8]"待得"二句：化用李商隐《夜雨寄北》"何当共剪西窗烛，却话巴山夜雨时"。

赏　析

舒君实是张炎的友人，且是一位奇人。据邓牧《伯牙琴》记载，舒君实性嗜游山，家住平地，附近无山，他便在庭中收集奇石，聊以自赏，斋号"亦山"便是取假山亦山之意。某次他将入越游山，张炎遂赋《三姝媚》送行。全词笔致高远，词境萧散。但是在写景之余，似乎暗藏着对朋友的规劝。譬如"结庐人远，白云谁侣""抱瑟空游，都是凄凉""莫趁江湖鸥鹭""怕太乙炉荒，暗销铅虎""休误入、桃源深处"，似乎一切的寻访与相逢都是徒劳，都是错误。联想到宋元易代之后，张炎沦落江湖、饱尝炎凉的遭遇，稍稍可以理解。尾句盼望友人归来，共叙游山见闻，情怀眷眷。陈廷焯评价此词"语带箴规""家国恨，离别感，言外自见"。

谢 翱

　　谢翱（1249—1295），字皋羽，一字皋父，自号晞发子，原籍长溪（今福建霞浦），徙建宁浦城（今属福建）。咸淳间应进士举，不第。德祐二年（1276）文天祥开府延平，谢翱率乡兵数百人投之，任咨议参军。文天祥兵败，谢翱脱身避地浙东，与方凤、吴思齐、邓牧等结月泉吟社。有《晞发集》《天地间集》等。

雨饮玲珑岩下 [1]

垂云起欹嵌，衣被松与桂。[2]

夜含星斗光，隐若金石气。

雨来辄阻之，不得抚苍翠。

下有桑门子，饮用陶匏器。[3]

盆中蓄海石，左顾如牡蛎。[4]

疑此碛上来，不知几年岁。[5]

桑门却问客，所居何姓氏。

回指南海峰，苍茫倘一至。[6]

（《晞发集》卷五）

注 释

[1] 玲珑岩：在今鄞州区天童寺景区内。明杨明《天童寺集》卷一"玲珑岩在寺西崖，循磴而上，可五六里，嵌窦玲珑，中空外峭，其旁观音洞、善才洞、礼拜台皆在焉"。　　[2] 嵌嵌：指突出的山石。　　[3] 桑门：僧侣。　　[4] 牡蛎：一种海产双壳类软体动物，左壳较大而凹，固着于海中岩石上；右壳较小而平坦，呈钙化质状，宁波人亦称蛎房。[5] 碛：浅水中的沙石。　　[6] 南海：指东海。《史记·秦始皇本纪》"上会稽，祭大禹，望于南海，而立石刻颂秦德"。

赏 析

　　谢翱是一名遗民志士，其《鲁国图诗》序云："翱尝乘舟至鄞，望海上岛无数，其民多卉服。过蛟门，登候潮山，被发楚歌，歌罢辍复哭，思夫子浮海居夷之义。"这首诗即为其时所作。作者游览天童寺山上的玲珑岩，因下雨而未遂所愿，却意外发现有一位僧门异人在岩下饮酒，颇有孤情独赏的自得情绪，于是对其所陈列的物品作了一番审视，深感惊讶。僧人问客，客人用手一指就算回答，意谓自己住在苍茫的南海峰，如有兴致的话不妨到来一叙。一问一指，显得不拘形迹，意味深长，又似乎心心相印。这首诗极类小品，在简略的叙事中将人物形象勾勒得极为鲜明。

杜国英

　　杜国英（1260—1331），鄞县管江（今属宁波市鄞州区）人。出身于习儒世家，从小受到良好教育。入元之后，科举废除，杜国英想以军功谋仕，在至元十八年（1281）元军征日本时被选为管库千户。至元二十六年（1289），元廷正式创立海漕机构，杜氏兄弟因学识深远、才略优洽而在选，杜国英授进义副尉、海运百户。晚年以老疾归里，筑室南岙，名为东洲精舍，积石种花，日与朋友诗酒自娱。有《东洲吟稿》行世。

东钱湖

地汇东南秀气多，水涵一碧浸星河。

迢迢山势围霞屿，淡淡烟光罩月波。[1]

十八里来平似镜，两三船去小于梭。

当时不立庸田法，几作农畴种稻禾。[2]

（《永乐大典》卷二二七〇）

注 释

[1]霞屿：位于今鄞州区陶公路附近，处于东钱湖心。月波：指月波楼。清王荣商纂《东钱湖志》卷二"月波楼：在湖之北月波山。宋淳熙五年，越王史浩创建月波楼，叠石成岩，为宝陀洞天"。　　[2]庸田：指都水庸田分司、都水庸田使，专管水利事。《东钱湖志》卷二引元鄞县人叶恒《嘉泽庙记》云"至正改元，置庸田使，临莅浙河，专理水事，且诏郡县农事官知渠堰事，所以重民而务本也"。

赏 析

　　杜国英这首诗一开头就选用"秀"字，高度概括东钱湖的山水形象。前三联用白描手法集中描写十八里东钱湖之秀美：水涵一碧，倒浸星河；山围霞屿，烟罩月波；水平如镜，船去如梭。作者用了三组数量词，以及"迢迢""淡淡"等叠字，使描述更为精准写实。谁承想如此秀美的东钱湖，竟然有被毁之虞。清人全祖望在《万金湖铭》中记述说，元代大德年间东钱湖淤积严重，豪势之家乘机提出废湖为田，并以缴纳官租利诱之。都水庸田使洞悉了豪势之家的阴谋，坚决予以拒绝。杜国英为此拍手叫好，故在尾联说：如果当时未能设立都水庸田分司以禁绝盗湖行为，那么东钱湖几乎就被废作田畴，供农民种稻插禾了。如果豪势之家的企图得以实现，东钱湖将重蹈鄞西广德湖的覆辙，"秀气多"亦将化为乌有。

释慧广

释慧广(1273—1335),即天岸慧广,日本国武藏比企郡(今埼玉县)人。日本弘安八年(1285),参于渡日高僧无学祖元门下,后为高峰显日所印可。日本元亨四年(1324),与物外可什等一同随商船入元,曾游历庆元的天童山、大慈山。

大慈山 [1]

卫王古庙梵王宫,苍柏青松几注空。[2]

冷澹未嫌秋色薄,石栏干外木芙蓉。

(《东归集》)

注 释

[1]大慈山:在今鄞州区东钱湖东南下水岙大慈寺后。南宋丞相史弥远葬母于大慈禅寺左侧。史弥远卒后亦葬于此。 [2]卫王:史弥远卒后追封卫王。梵王宫:指大慈禅寺。南宋宁宗嘉定十三年(1220),丞相史弥远创为功德寺,赐"教忠报国"额,前有万工池及七塔。

赏　析

　　宋宁宗嘉定十三年（1220），根据卫王史弥远奏议，"表尊五山，以为诸刹之纲领"，于是朝廷对江南的禅寺规定等级，禅院分为五山十刹。这一制度对日本禅林产生了极为深刻的影响，日本也出现了五山制度及五山文学。天岸慧广即为日本五山文学的重要作家。他入元后游历了浙东诸名刹，并特地到东钱湖大慈寺寻访史弥远墓。此诗的前两句写其对大慈寺的印象，以"苍柏青松"营造出肃穆的情调，渲染出吊古的情怀。三、四句出人意料地一转，在冷淡的秋光中，将目光引向栏杆外那株红艳夺目的木芙蓉，推出特写镜头，使萧条的秋色点缀了一抹绚烂迷人的光彩，与"苍柏青松"的主冷色调形成强烈的反差。这是感悟还是象征，读者可尽情解读。

黄　溍

　　黄溍(1277—1357),字晋卿,浙江义乌人。少从南宋遗民方凤学,壮岁隐居不仕。元延祐二年(1315)被县吏强迫参加考试,中进士,授台州宁海县丞,改诸暨州判官。至顺初,以马祖常荐,入为应奉翰林文字,转国子博士,出为浙江等处儒学提举。六十七岁致仕,不久起为翰林直学士,知制诰同修国史,擢兼经筵官,升侍讲学士同知经筵事。至正十年(1350)南归,优游田里间,卒谥文献。著有《日损斋稿》《文献集》等。

初至宁海（其一）

地至东南尽,城孤邑屡迁。[1]

行山云作路,累石海为田。

蜃炭村村白,棕林树树圆。[2]

桃源名更美,何处有神仙？[3]

(《文献集》卷一)

注 释

[1]"城孤"句：指历史上宁海疆域屡有变迁。　　[2]蜃炭：即蜃灰、壳灰，用以肥田。　　[3]桃源：宁海有桃源驿、桃源巷、桃源桥、桃源井等。

赏 析

　　这首诗为黄溍初至宁海任丞时所作。他写到宁海为偏僻的东南海邑，县邑屡有变迁。眼前所见，山路入云，田地不多，故需围海造田以解决困境。还写到宁海农民因地制宜，烧蛎壳为灰以肥田；宁海人还种植了大量的棕树，这种树对环境的适应能力很强，具有较高的利用价值。"村村"以写普遍，"树树"以示成林，"圆"字写出圆柱形的枝干。诗人明白宁海就是自己出仕的起点，因此他的观察是认真的，完全是以写实的笔法，对宁海的山地、围田、农产业、景观树做了初步的记叙，凸显了该县的海洋性特征，用笔是客观的，隐藏在字面后的情感则是淡淡的。最后，诗人还注意到宁海人喜以"桃源"命名，不禁有感而发，追问"何处有神仙"，唤起人们对神仙的种种遐想，用笔才由实而虚。

张翥

张翥(1287—1368),字仲举,号蜕庵,晋宁襄陵(今山西襄汾)人。少时家居江南,从学于李存、仇远,以诗文名。官至河南平章政事,以翰林承旨致仕。诗歌雄浑朴茂,格调甚高。词作或苍凉豪放,或婉丽风流。著有《蜕庵集》。

送黄中玉之庆元市舶[1]

昔我游四明,壮观溟海波。

褰裳宝山顶,曙色寒嵯峨。[2]

日轮镕生金,涌出万丈涡。[3]

云气忽破碎,朱光相荡摩。[4]

决眦蓬莱宫,携手扶桑柯。[5]

群仙迎我笑,佩羽纷傞傞。[6]

飓风歘惊潮,腾掷鳄与鼍。[7]

浮槎径可览,从此超天河。[8]

精神动百灵,上下烦扢诃。[9]

归来已十载,远梦时一过。

君家贤父兄,儒术传世科。

薄言捧省檄,舶署聊婆娑。[10]

是邦控岛夷,走集聚商舸。[11]

珠香杂犀象,税入何其多。[12]

权衡较低昂,心计宁有讹。[13]

资阅须历试,壮图讵蹉跎。[14]

惟君官事隙,为访岩之阿。[15]

悬想仙者徒,往往笑且歌。

遐征渺不见,空响遥相和。[16]

因声两黄鹄,持我紫玉珂。[17]

岂无沧洲兴,奈此尘劫何。[18]

(《蜕庵集》卷一)

注 释

[1] 黄中玉:名不详,嘉兴人。以父荫授江山县尉,至正十七年(1357)行台擢为参谋,统乡兵守衢婺,城陷遇害。见贝琼《清江文集》卷八《江山尉中玉先生黄公哀辞》。疑与庆元路市舶官黄中玉为同一人。庆元:即庆元路(辖区相当于明之宁波府)。市舶:市舶司的省称,掌管海

外贸易。　　[2]宝山：镇海招宝山的省称。嵯峨：形容山势高峻。[3]生金：金矿石之一种。　　[4]荡摩：谓相切摩而变化。　　[5]决眦：表示极目远视。蓬莱宫：指仙人所居之宫。扶桑：古代神话中海外的大桑树。　　[6]傞（suō）傞：飘舞的样子。　　[7]欻（xū）：快速。[8]浮槎：传说中来往于海上和天河之间的木筏。　　[9]抈诃：同"抈呵"，挥斥。引申为卫护。　　[10]薄言：急急忙忙。一说为发语词。捧省檄：指奉省里之命就任。舶署：市舶司的官署。婆娑：盘桓，逗留。[11]岛夷：这里指海外岛国。商舠：商船。　　[12]珠香：珠宝和香料。犀象：犀角和象牙。税入：征税收入。　　[13]权衡：称量物体轻重的器具。权，秤锤；衡，秤杆。低昂：指物价的高低。　　[14]资阅：资历和阅历。壮图：壮志，远大的抱负。讵：岂。　　[15]岩之阿：山的曲折处。　　[16]遐征：远行，远游。　　[17]因声：犹言寄语。指托人带话。黄鹄：鸟名。紫玉珂：马络头上的紫玉饰品。　　[18]沧洲：滨水的地方。古时常用以称隐士的居处。尘劫：佛教称一世为一劫，无量无边劫为尘劫。后亦泛指尘世的劫难。

赏　析

　　张翥此诗开头说"昔我游四明"，是"游"而非出使，考其最早游四明实在延祐三、四年间（1316—1317），送别黄中玉时"归来已十载"，则可判断此诗当作于泰定四年（1327）。此诗前半篇回顾自己十年前游历四明所见到的海上壮观景象，有实景，有幻觉，有向往，笔墨生动。当年游览的兴奋在事隔十年之后还于字缝中蹦跃出来，足见其印象之深。下半篇则围绕"市舶"作文章："是邦控岛夷，走集聚商舸。珠香杂犀象，税入何其多。"这是以税收之多来昭示元代庆元路市舶贸易的兴盛，也流露出对黄中玉之官庆元市舶司的歆羡之情。最后作者劝黄中玉为官之余，要多访岩阿，与仙者之徒啸歌遥和。此诗赞美庆元之海景、仙乡、海贸、人物，极尽形容之能事。

清　吴滔　山水册之沧海一览

宋褧

宋褧（1294—1346），字显夫，大都（今北京）人。泰定元年（1324）进士，除秘书监校书郎。安南使者朝贡归，选充馆伴使。改翰林国史院编修官。詹事院立，选为照磨，迁翰林修撰。至元初，擢监察御史，遇事敢言。召拜翰林待制，迁国子司业，与修宋、金、辽三史，拜翰林直学士。善诗词，诗清新秀伟，词承姜、周之风。著有《燕石集》十五卷。

清平乐 车厩道中[1]

青松乌桕。寒食来车厩。满目山明仍水秀。[2]忍听玉骢驰骤。　红桥掩映山庄。酒斾摇曳林塘。好在莺湖春色，笑人不暇飞觞。[3]

（《燕石集》卷一〇）

注　释

[1] 车厩：元至元年间所设驿站，今属余姚。　[2] 仍：相仍，接续。
[3] 莺湖春色：作者自注"村舍酒帘书'莺湖春色'，盖酒名也"。

赏　析

　　这首小令是作者旅途中所作。首句以青松、乌桕指代植被丰茂，通过字面设色的反差令醒人眼目。随即交代时间、地点——寒食时节从车厩经过。道旁山水迤逦明秀，令人目不暇接，作者甚至都不忍心胯下马儿走得太快，错过观景。下片从自然之境延伸到人境，无论红桥掩映下的山庄，还是林塘畔的酒家，都与景物和谐交融，错落有致。最令词人兴奋的是远方村舍挂着的"莺湖春色"酒帘，看名字便能想见味道醇美，不过匆匆赶路的旅人哪有这等闲暇呢？词人一笑而过，读者亦当会心莞尔。短短四十余字，能使千百年前古人的刹那念想再次鲜活，这正是诗词的意义。

袁士元

袁士元（1306—1360），字彦章，鄞县人。历任西湖书院山长、鄮山书院山长。后以危素之荐，出为平江路儒学教授，召授翰林国史院检阅官，不赴。筑城西别墅，种菊数百本，自号菊村学者。所著有《书林外集》七卷。

和嵊县梁公辅夏夜泛东湖（其一）[1]

短棹乘风湖上游，湖光一鉴湛于秋。[2]

小桥夜静人横笛，古渡月明僧唤舟。

鸳浦藕花初过雨，渔家灯影半临流。

酒阑兴尽归来后，依旧青山绕客楼。

（《书林外集》卷三）

注 释

[1] 梁公辅：浙江嵊县（今浙江嵊州）人，诗人，生平未详。乾隆《鄞县志》卷一八"樊天民"条云"同时台州陆德旸、温州张天秩、嵊县梁公辅皆诗人，流寓于鄞"。　[2] 鉴：镜子。

赏　析

　　袁士元此诗采用了全景书写模式,将东钱湖之美一一平铺开来。先总写湖光之洁净如一镜张开,然后按照湖船的游踪,依次摄取小桥、古渡、鸳浦、渔家四个尺幅小景,景物则停格在雨初过之后夜静、月明、灯影这一时间段。作者没有聚焦于任何有辨识度的景点,所言小桥、古渡、鸳浦、渔家皆模糊而不具体。尽管每一个镜头都有一个动词用以勾勒细节,但从整体上看,景与景之间是并行铺排的,在构图上显现的是一种平面关系。全诗专用赋笔,明快自然,中间两联的构联颇具特色,造成一种疏快空灵而又留下许多联想空白的艺术效果。从创作源流上观之,作者显然取法于唐代白居易《春题湖上》《杭州春望》等诗形成的典型书写模式。

月鲁不花

月鲁不花（1308—1366），字彦明，号芝轩，蒙古逊都思氏，居于绍兴。元统元年（1333）进士第。历任吏部尚书、大都路达鲁花赤，拜江南行台中丞。至正乙巳年（1365）起活动于四明一带约两年，曾得到刘仁本的关照，并与廼贤等诗人有所交往。后浮海北上，遇倭船被害。

泛鸣鹤湖次见心上人韵 [1]

杜若湖中试彩舟，波光千顷镜奁浮。
芙蓉露冷沧洲上，杨柳风清古渡头。
鸣鹤数声秋澹澹，闲鸥几点思悠悠。
相过未尽登临兴，更把琴书且暂留。

（《元诗选》三集庚集）

注 释

[1]鸣鹤：今属慈溪市鸣鹤镇，位于慈溪市五磊山下，杜湖、白洋湖之滨。湖：据下文"杜若湖"，指杜湖。见心上人：即释来复，字见心，江西豫章丰城人。元代临济宗松源派禅僧。有诗名，游燕中，又亲炙

虞集、欧阳玄之门。至正十七年（1357），奉行宣政院檄，主慈溪定水教忠报德禅寺（简称定水寺）。

赏　析

　　月鲁不花这首诗的构思和表现手法，与袁士元《和嵊县梁公辅夏夜泛东湖》高度相仿。作者乘坐一叶彩舟，泛游鸣鹤湖上，但见波光潋滟，千顷如镜，芙蓉沧洲，杨柳古渡，露冷风清，令人神爽。远处传来数声鹤鸣，还有几只闲鸥盘旋空中，引发了诗人的悠悠思绪。中间两联写的都是在舟中欣赏湖景，最后一联则落到船内游人身上。诗人说弹琴赋诗，犹未尽我游兴，且把琴书放下，在船中多停留片刻，以表留恋不舍之情。此诗清丽如画，动静结合。

廼贤

廼贤（1309—1368），汉姓马，字易之，号紫云山人，别号河朔外史。西域葛逻禄人。生于河南南阳，定居鄞县。受教于鄞县学者郑觉民，并从高岳学诗法。曾任东湖书院山长。至正三年（1343）初游大都，至正五年（1345）再次北游京师。至正二十二年（1362），被征入京，出任翰林编修等职。元亡前夕，参桑哥实里军幕，卒于军中。著有《金台集》《海云清啸集》等。

月湖竹枝四首题四明俞及之竹屿卷（其二）[1]

五月荷花红满湖，团团荷叶绿云扶。

女郎把钓水边立，折得柳条穿白鱼。

（《金台集》卷一）

注释

[1] 俞及之：四明画家，生平未详。竹屿：月湖十洲之一。

赏析

廼贤这首诗属于题画诗，前两句是场景的铺垫，突出的是色彩（大面积的红、绿）的和谐对比和线条（弯月形和圆形）的鲜明勾勒。后两句是情境的中心，先是屏息凝气的静，后是折柳穿鱼的动，两者的因果关系构成了简单情节的延续镜头，镜头的运动方式是由慢动作向快节奏推进，竹屿钓女郎得鱼后的喜悦情感则隐藏在中心动作背后。从叙事看，作者所描写的是一种诗事情境。而在画面结构中，人面荷花，相映成红，构成了一幅和谐一体的画面。在月湖，"女郎把钓"甚为罕见，一亮相即化成了风景的一部分，而被人观赏着。从这个角度看，作者所创造的无疑又属于诗画情境。在一首短短的绝句中，两种情境相互渗透、相互为用，确有独到之处。

金元素

金元素（约 1310—？），原名哈剌，字元素，号葵阳，元文宗赐姓金，也里可温（基督教）教士，拂林（一说在君士坦丁堡附近，一说在西亚地中海沿岸）人。文宗天历三年（1330）进士。官江南浙西道廉访佥事，累迁福建行省参政、江浙行省左丞。方国珍当政时期，曾在宁波一带活动。学界谓其在至正二十八年（1368）以枢密院都事随元帝北去，不知所终，其人其实为哈剌章。乾隆《奉化县志》卷一二收录金元素现存的唯一一篇散文《知州李枢去思记》云："前奉化知州李侯元中既受代之四年，实大明皇帝即位之洪武元年也，州士楼居安等以状来请。"据此可知洪武元年（1368）的金元素实已归顺明朝。著有《南游寓兴》诗集。

月波楼

独上高楼思渺然，月华波影静娟娟。

嫦娥手种天边桂，洛女神栖水上莲。[1]

醉拍危栏歌白雪，卧听铁笛起苍烟。[2]

此中足遂追游乐，不问西湖买画船。[3]

（《全元诗》第四二册）

注　释

[1] 天边桂：唐段成式《酉阳杂俎》前集卷一《天咫》记吴刚伐桂的神话。白居易《东城桂》自注"旧说杭州天竺寺每岁中秋有月桂子堕"。洛女：指洛水女神。曹植《洛神赋》曾用出水芙蓉形容洛水神女之美，"迫而察之，灼若芙蕖出渌波"。神栖水上莲：暗用太乙莲舟的典故。
[2] 危栏：高栏。白雪：喻指高雅的诗词。铁笛：铁制的笛管。相传隐者、高士、仙人善吹此笛，笛音响亮非凡。　　[3] 遂：得到满足。西湖：指杭州西湖。作者曾在杭州活动，故诗中提及西湖。买：指雇船。

赏　析

　　金元素是元代色目诗人，也是元代唯一的身为基督教士的拂林籍作家。他在鄞地活动时，十分喜爱东钱湖的山水景观。首联写登楼赏玩月华波影。颔联活用典故，颇具特色。他在杭州活动时早已通晓月桂的种种传说，顺手将这些传说加到了东钱湖身上。他还大胆地将洛水神女、太乙莲舟的典故信手糅合在一起，不仅夸赞了东钱湖荷花之美，同时也营造了艳美的诗思氛围。颈联最惊人之处，乃是深更半夜从苍烟处响起铁笛之声，把人们带到了神秘的黑夜时空之中，强化了彼时获闻笛声引起的心灵震撼力。东钱湖畔神秘浪漫的夜晚，着实让这位异域诗人难以忘怀。最后诗人竟表示不想再回杭州了，杭州的西湖尽管有画船的热闹，但东钱湖的游乐更加神秘和刺激。

刘仁本

刘仁本（？—1367），字德玄，号羽庭，浙江天台人。以乙科进士，历温州路总管，元顺帝至正十九年（1359）任江浙行省左右司郎中。方国珍据温、台，刘仁本入方幕，深受方氏倚重。方国珍从海路为元朝运粮，实由刘仁本主持其事。在此期间，他与名流廼贤、金元素等人过从甚密。朱元璋部将朱亮祖攻占温州，捕获刘仁本，朱元璋亲数其罪，鞭背后溃烂而死。早有诗文名，今传有《羽庭集》六卷。

余姚筑城[1]

伤心为问筑城人，今古曾经几战尘。

负郭长江流不尽，履田瘠土税何频。[2]

龙泉寺外多风雨，灵绪山头泣鬼神。[3]

落日歌声齐万杵，将军一剑倚秋旻。[4]

（《羽庭集》卷三）

清　吴滔　山水册之余姚两城

注　释

[1]余姚筑城：据高明《余姚州筑城志》，余姚筑城时在至正十九年九至十月，方国珍令军士自营四门，而召鄞县、慈溪、奉化之民分筑之，旨在"盗贼窥吾境"时凭险自保。　　[2]履田：同履亩核田。履亩，谓实地观察，丈量田亩。核田，核对田地的数量，把多余的没有入账的田地核算一起交税。　　[3]灵绪山：今名龙泉山，在余姚城内，现辟为龙山公园。　　[4]秋旻：秋季的天空。

赏 析

元末，方国珍集团割据浙东三郡，曹娥江以东的上虞和余姚都是方氏政权的辖地，张士诚政权则据有萧山、会稽、山阴，如此，余姚成为"吴、越冲要地"，方国珍"宿重兵以镇之"。刘仁本负责督造城墙，深知筑城乃是天下不太平的表征，不禁触景伤情，为元朝进入乱世而感到悲哀。至元年间余姚实施过履亩核田，刘仁本亦曾亲自在余姚汝仇湖"履亩授田"。他发出"税何频"的诘问，实为生民而忧。尾联以"落日歌声齐万杵"的壮观筑城镜头为背景，在城头凸现出一个"一剑倚秋旻"的将军特写镜头，足见其抱负非凡。

吉雅谟丁

吉雅谟丁,生卒年不详,汉姓马,字元德,西域色目人。丁鹤年从兄。至正十七年(1357)进士,授定海县尹。至正二十二年(1362)摄奉化州事,调昌国知州,升浙东佥都元帅。工诗,遗集不传。

游定水山中与尧臣期不至遂赋此奉寄兼呈见心方丈禅师 [1]

水纹藤簟竹方床,山阁重阴雨后凉。

新月梧桐秋未老,小虫机杼夜初长。[2]

白鱼入馔松醪熟,红稻供炊笋脯香。[3]

云树芝泉随处好,一时清赏肯相忘。

(《全元诗》第六〇册)

注 释

[1]定水山:位于今慈溪市观海卫镇杜岙。定水山中有寺,即定水寺。杜尧臣:释来复有《奉答杜尧臣知事见寄》诗,王冕《竹斋集》卷中《重阳》诗小序"丁酉岁九月九日在慈溪。十日小雨,杜尧臣知事携酒

过寓所"。据此知至正丁酉年（1357）前后，杜尧臣在慈溪任知事。

[2]小虫机杼：指小虫鸣叫声如夜织的机杼声。小虫当即纺织娘，其鸣如"轧织，轧织"声。　　[3]松醪：用松肪或松花酿制的酒。

赏　析

  首联写作者投宿慈溪定水寺附近的山阁中，睡的是竹床藤簟，雨后的山阁一片清凉。颔联从季节落笔：其时秋色未老，见到新月高挂在梧桐之上，听到漫漫长夜里纺织娘的鸣声，透出夜里的寂寞无聊，兼含怀人之意。颈联向好友夸耀山中饮食，色香相兼。食物虽诱人，却不能与友人共享。前面三联实际为杜尧臣而写。作者在山阁中久等杜尧臣不至，不免有几分失望之情。因为友人失约，诗人只好独自游玩定水寺。尾联说定水寺中云树芝泉样样都美，难忘清赏，这是兼呈来复禅师。一诗而兼顾两人，构思巧妙，清新工稳，宛有画境。

丁鹤年

　　丁鹤年（1335—1424），字永庚，号友鹤山人。西域色目人。其曾祖父阿老丁及其弟皆西域名商巨贾，以资财助元世祖忽必烈，以功授官，阿老丁年老不愿入仕，特赐田宅留在京城奉朝请，父亲职马禄丁四十岁始入仕任临川县簿，后迁武昌县达鲁花赤，鹤年以父名"丁"为姓。丁鹤年幼年丧父，奉母至孝，好学洽闻，遭元末乱世，遂绝意功名，避居浙江，辗转逃匿于四明一带，曾以教书糊口、卖药自给。精通诗律，尤长于五、七言近体。今存诗集《丁鹤年集》四卷、《丁孝子诗集》三卷。

寓慈湖僧舍次龙子高提举韵[1]

迢递过兰若，淹留为竹林。[2]

疏钟云峤迥，孤烛雨窗深。[3]

长啸非怀昔，狂歌岂避今。[4]

只缘诸漏尽，不受一尘侵。[5]

（《丁鹤年诗集》卷三）

注 释

[1]慈湖：旧属慈溪县，位于今宁波市江北区慈城镇。龙子高：即龙从云，原名云从，字子高，庐陵永新人。元末明初文学家。元末曾入江浙行省左丞杨完者的幕府任都事，历官福建儒学副提举，后避居四明慈溪。　　[2]兰若：即梵语"阿兰若"，寺院。　　[3]云峤：高而尖的山。　　[4]长啸：撮口发出悠长清越的声音，古人常以此述志。狂歌：纵情歌咏。此句暗用避世隐居的楚国狂士接舆歌而过孔子的典故。　　[5]诸漏尽：是指通过修行，由贪欲、嗔恨、愚痴等带来的各种烦恼得以斩断和消除，达到解脱的境界。

赏 析

　　龙子高性情旷达，工于诗歌，辞官后隐居于慈溪，著有《钓鱼轩集》。丁鹤年此诗叙写了自己来到慈湖僧舍与龙子高交往的一个片段，表明自己受其影响而获得身心的解脱。

　　诗人从遥远的地方来到慈湖，长期寓居在寺院的僧舍，只是因为这里有像竹林贤士阮籍和嵇康这样的名士龙子高。寺院里不时可闻稀疏的钟声，从高耸入云的山顶传来；深夜秉烛，独坐僧舍，静听窗外风雨。撮口长啸，并非因触景生情而怀念往昔的人事；纵情高歌，亦非效仿楚狂接舆隐居避世。只是因为寄居这幽静的僧舍，可以免受红尘俗世的纷扰，斩断各种烦恼，获得身心的解脱与自在。

浙江诗话

明清

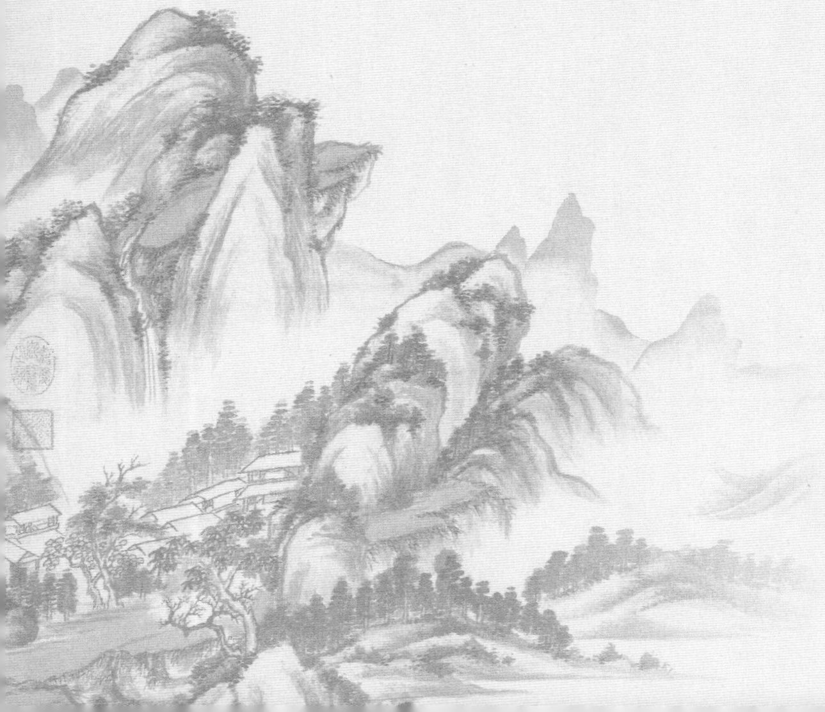

乌斯道

  乌斯道,生卒年不详,字继善,元末明初慈溪人,与同郡傅恕、郑真齐名。工诗文,精书法,善画山水,文尚体要,诗寄兴高远,与兄乌本良并擅时名,有"江浙文章数二乌"之称。明太祖洪武二年(1369),乌斯道参与编修《元史》,洪武四年(1371)被举荐授予广东石龙知县,三载考满,调任江西永新知县,政声卓著。后因受牵连而被定罪,谪云南定远服役,放归后不久病逝。著有《秋吟稿》(已佚)、《春草斋集》。

涵虚馆访章复彦不值[1]

春风奈此玉人何,贺监宅前春水多。[2]
茶灶笔床天上坐,酒船花担镜中过。[3]
紫骝何处嘶晴日,白鸟当门弄碧波。[4]
更爱小桥杨柳外,石阑闲倚听渔歌。[5]

(《春草斋集·诗集》卷四)

注　释

[1]涵虚馆：宋高宗绍兴年间，明州知州莫将在月湖建逸老堂（即贺监祠），淳熙年间宋孝宗次子魏王恺任四明郡守时，在逸老堂旁边建涵虚馆，作为官办迎宾馆驿。本诗原注"馆在月湖中，贺知章宅也"。不值：没有遇到。　　[2]玉人：容貌美丽的人。这里指章复彦。[3]茶灶笔床：茶灶即煮茶用的小炉，笔床即笔架，以此形容隐士淡泊脱俗的生活。典故出自唐人陆龟蒙事迹。陆龟蒙晚年退隐松江甫里，不与俗人交往，在船上搭上船篷，摆上书籍、茶灶、笔床及钓竿，漂泊于水上。　　[4]紫骝：古骏马名。　　[5]石阑：石头栏杆。

赏　析

　　仲春二月，春风和煦，诗人到涵虚馆拜访章复彦，却不见这位高迈不羁、倜傥不群的友人。只见门前的月湖碧波荡漾，倒映着天光云影，爱花论担买、嗜酒满船浮的章复彦，想必像前贤陆龟蒙先生一样，驾着一叶扁舟遨游江湖，就像坐在天上一样，煮茶钓鱼，享受着神仙般的悠闲生活。晴空之下，几只白鸟在水面自由自在地翻飞，远处传来骏马的嘶鸣。此情此景，不禁令诗人联想到鸥鹭忘机的典故，顿生与白鸥结盟的出尘之想。哪怕是闲倚小桥边的石栏杆，看看杨柳在春风中曼舞，听听打鱼人的歌谣，也是十分惬意的啊！

　　乌斯道诗风清新淡雅，语言简洁流畅，在追求宋人平淡旨趣的同时，兼有盛唐风范。

许　继

许继（1348—1384），谱名可继，字士修，号观乐生，台州府宁海县清泉山（今宁波市宁海县跃龙街道崇寺山）人。元末明初诗人。读书养亲，志行高洁，刻意经学，以古贤哲自勉，明太祖洪武年间被荐授台州儒学训导。病咯血，卒时年仅三十七岁。许继善古诗，力逼汉魏，著有《观乐生诗集》。

登塔山[1]

扬鞭过疏林，杖策履危石。

阴崖绝孤峻，盘径畏登历。[2]

霜清地脉冻，风静木叶积。

僧庐倚高峰，结构凿层壁。

凭虚一骋望，远近分野色。[3]

溪流抱双清，屏幛拥群碧。

目空荡尘虑，发兴何所极。

短景念将旋，白云趁行迹。[4]

（《观乐生诗集》卷三）

注　释

[1]塔山：位于宁海县前童镇。崇祯《宁海县志》卷一"塔山：西南三十里。状似马鞍，上峙两塔"。　[2]盘径：蜿蜒曲折的小径。　[3]凭虚：凌空，无所依靠。　[4]短景：指日照时间短。行迹：指人的行踪或行动的轨迹，含有隐秘、不易察觉的意味。

赏　析

　　前八句用朴实的语言描述诗人登山途中的经历与沿途风景。诗人策马扬鞭，经过稀疏的树林，然后拄杖从塔山北面山坡攀登；拾级而上，抬头可见极为陡峭险峻的山崖，沿着蜿蜒曲折的小径登临游历，不禁心生畏惧；深秋时节，白露为霜，山水都带有寒凉之气，寂静的山路上满是堆积的落叶；塔山顶上的寺院僧舍倚着高大的岩壁而开凿建造，显得格外古朴庄严。后八句，描述登上塔山后放眼远望所见所感。屹立山巅，凌空远眺，远近的山野景色被塔山分成南北。山南溪水蜿蜒环抱，毫无尘俗之气；山北群峰簇拥，如同天然的屏障。极目远眺，心中的俗念荡涤一空，兴致勃发，哪有什么止境？山上白云缭绕，荒径迷离，正是隐居的好去处，但想着深秋日短，还是趁着天色未晚，赶紧归家吧。

俞士吉

俞士吉（1360—1435），字用贞，号栎庵，象山人。洪武二十九年（1396）举人，翌年二月试礼部中乙榜，授山东兖州训导。建文帝时擢御史，出按凤翔、徽州、湖广，平反冤狱。明成祖即位，进右佥都御史，出使朝鲜，能秉持大节。后以佥都御史出督农政。永乐四年（1406），以礼部侍郎出使日本，不辱使命。宣德初仕至南京刑部侍郎。有《栎庵自怡稿》。

丹山十咏 陈山晓渡[1]

五夜潮声渡口吞，片帆轻似马嘶奔。[2]

橹声摇落黄溪月，鸡唱传闻白屿村。[3]

贾客推篷探曙色，棹工钻竹备晨飧。[4]

古今来往人何许，又见扶桑送晓暾。[5]

（嘉靖《象山县志》卷一五）

注 释

[1]陈山：渡名。在象山县东北十五里，位于西沪港最里面。　[2]五夜：指戊夜，即第五更。　[3]白屿村：在今象山县黄避岙乡范围内。

[4]钻竹：指燃竹生火。晨飧：早饭。　　[5]扶桑：古代神话中海外的大桑树，据说是太阳出来的地方。晓暾：朝阳。

赏　析

　　此诗连续嵌入了几个地名，构成一组象山港的渡头群，自然而不生硬。古代从象山至宁波交通不便，南宋宝庆年间，奉化裘村南边的东宿渡开通了与象山陈山渡的定期船班。象山西沪港内有渡口三：极东陈山渡；稍南黄溪渡，通象山县治；南墙头渡，通三门湾孔道。颔联紧扣晓渡来写，当月亮渐渐落下去的时候，渡口开始繁忙起来，作者写成黄溪上空的月亮仿佛是被橹声摇落的，使渡口充满了浓郁的诗意。经过黄避岙时，就能听到白屿村的鸡鸣声。颈联写搭乘渡船的贾客推开篷窗探头观察天色，而摆渡的棹工更具生活经验，直接燃竹准备早餐。这两句写船上不同人员的行为，颇具海洋生活气息。尾联写道，自古至今渡口人来人往，都是不知不觉地送走了一轮又一轮晓日，生活就是这样周而复始地继续着。

黄润玉

黄润玉（1389—1477），字孟清，号南山，鄞县人。永乐元年（1403）迁江南富户去北京，十三岁的黄润玉代父北上。永乐十八年（1420）中举，授建昌府学训导，改任南昌府儒学训导。宣德年间升交阯道监察御史。正统元年（1436）巡按湖广，后历任广西、湖广按察司佥事，遭诬降为含山知县。致仕归乡，在金峨山北的西岙筑南山书院，讲学终身。著有《南山黄先生家传集》《庸学通旨》《海涵万象录》及方志《含山县图志》《四明文献录》等。

四时八景 郊墟商贾

吾郡有贸山，盖昔番舶贸易处，沿江置房贮货，故志云市坶两京。[1] 自禁通番商贸，至今天顺间，四郊各置墟，每墟三日一市，邻邦来商，百货云集，民生之厚自兹始矣。[2]

自禁通番绝海航，近来风景胜江房。

四郊五处开墟市，一月三朝会客商。[3]

物免官征从贸易，价无时估任低昂。

于今缓急堪相售，大贾何由独擅行。[4]

（《南山黄先生家传集》卷一一）

注 释

[1]贸山：即鄮山，鄮山港是中国最古老的港口之一，春秋时期称句章港。秦统一中国后，设置鄮县，县治设在鄮山山麓的鄮廓（在今鄞州区五乡镇同岙村），也称鄮城，港口也在附近。唐穆宗长庆元年（821），明州州治迁到三江口，位于三江口的明州港发展成为著名外贸港口。宋真宗咸平二年（999），在明州正式设置市舶司。明太祖洪武十四年（1381），改明州为宁波府，宁波港的称谓也由此开始。市埒两京：意思是这里市场的繁荣与长安和洛阳相当。 [2]天顺：明英宗朱祁镇的年号，使用时间为公元1457—1464年。墟：同"圩"，集市。[3]四郊五处：泛指城内外。三朝：三天。客商：本指在各地贩运货物的商人，这里特指外国商人。 [4]堪相售：可以出售，可以成交。何由：怎能。擅行：擅自作为，擅自施行。

赏 析

诗歌采用铺叙手法，首联述说自从明太祖实施对外国商船来华贸易加以限制的"禁海"政策以来，宁波的商贸发展反而还胜过唐朝当年甬江沿岸仓储林立、商贸发达的繁荣景象，不禁引人深思原因何在。后面三联，则具体揭示原因：城内和四郊都设有集市，大大地方便了百姓的商品交易，宁波市舶司每月有三天为国外客商设立集市；特别是明成祖永乐年间，政府实行恤商轻税政策以发展经济，甚至为商户建立廊房，免除商品交易税，价格高低都是随行就市，政府并不干涉；商户们随时都可以成交。来宁波的日本商人每月交易三天的说法，仅见于黄润玉该诗。该诗对于研究明初商业的发展具有重要的史料价值。

王 淮

　　王淮,生卒年不详,明英宗正统初年前后在世。字柏源,慈溪人。与刘溥、汤胤绩等人号称"景泰十才子"。工于诗,好作长歌,造语奇丽。著有《大愧稿》,天一阁收藏有王淮的《拗斋诗选》。

花屿湖[1]

太平时节竞繁华,日日笙歌泛彩霞。

两岸风光三月柳,一山烟景四时花。

钟鸣画阁开禅刹,帘卷虹桥见酒家。[2]

今日凄凉谁着眼,水枯荒草没泥沙。[3]

（雍正《宁波府志》卷三五）

注　释

[1]花屿湖:位于慈溪旧县城东南十里处(今江北区慈城镇湖心村一带),唐德宗贞元十年（794）明州刺史任侗下令修筑灌溉田畴,湖中筑有长堤和小墅,因春花明媚多于众山,故名花墅湖,后又名花屿湖。　[2]画阁:彩绘华丽的楼阁。禅刹:佛寺,这里指花屿湖畔的白龙寺。　[3]着眼:本义是举目、入眼,引申为观察、考虑。

赏　析

　　太平时节的花屿湖，长堤和蟹山上百花争妍，竞相展示着繁华的景象，彩霞映照着波光粼粼的湖水，天天音乐和歌舞不断；湖堤两岸风光绮丽，最美的时节当属垂柳依依的三月，还有那四季盛开的鲜花，简直美不胜收。清晨白龙寺开静的钟声敲响，打破了华丽楼阁的宁静，也打开了寺院的大门；卷起帘幕，就可看见花屿湖如梦似幻的虹桥，也可看见湖边影影绰绰的酒家。前三联诗人绘声绘色描绘了昔日花屿湖绮丽的风光以及繁华热闹的景象，尾联则以"谁着眼"设问，转写今日的花屿湖，映入眼帘的却是湖水枯竭，湖中泥涂里荒草迷离的凄凉景象，令人深思。今昔对比之中，透露出无尽的怅惘与惋惜，不禁令人深思背后的深层原因。

周　礼

　　周礼，生卒年不详，字敬之，生于浙江余姚开元乡周氏竹堑房（今属泗门镇水阁周村）。治《易经》。明武宗正德四年（1509），以明经行修，受朝廷征辟，赴京候职，当时宦官刘瑾等"八虎"为陷害余姚籍致仕大学士谢迁，勾结权臣焦芳，借口浙江推举的余姚人周礼、徐子元等四位"怀才抱德之士"都是谢迁的同乡，诬陷谢迁"徇私援引"。正德皇帝听信谗言，下旨将周礼等四名征士打入诏狱，追夺谢迁诰命与官服，并牵连到刘健、马文升等一众朝中大臣。周礼在这场政治风波中首当其冲，但守正不阿，被谪戍陕西，死于途中，士人无不为之惋惜。

五磊晴岚 [1]

雨歇云收山气浓，晓来遮遍翠芙蓉。

小童门外忽惊报，失却前村五磊峰。

（《五磊寺志》卷一〇）

注　释

[1]五磊：即五磊山，位于今慈溪市观海卫镇鸣鹤村。山由内五峰、

外五峰环聚而成,俯瞰犹如一朵盛开的莲花。三国赤乌年间,印度高僧那罗延来到五磊山群峰环抱的盆地北侧创建五磊寺。明朝永乐年间册定全国寺名,名五磊禅寺,从此"浙东第一古刹"五磊寺名声大振。这里青山连绵,危峰参差,溪谷幽深,磊石争奇,环境清幽宜人,素有"小桃源"之称。晴岚:晴日山中的雾气。

赏　析

　　雨过云收,天空放晴了,山间却云雾缭绕,天亮时分云雾蒸腾,完全遮住了五磊山由内五峰和外五峰组成的莲花状的青翠山峰。这时,小童忽然大惊失色地在门外禀报:前面的村庄和五磊峰都不见了!作者别具慧眼,抓住山间云雾缭绕遮住整个五磊芙蓉峰这一典型细节进行描绘,画面清新妍丽,写得极为生动传神,与秦观"雾失楼台"的描写有着异曲同工之妙。尤其是对小童门外惊报这一细节的刻画,洋溢着浓郁的生活情趣。

杨守陈

杨守陈（1425—1489），字维新，号晋庵、镜川，出生于鄞县栎社枫江（今宁波市海曙区石碶街道西杨村），明代"镜川杨氏"科举第一人。景泰二年（1451）进士，授编修。成化元年（1465），充任御前讲席的讲官，后升为侍讲、侍讲学士，又为少詹事。孝宗弘治元年（1488），擢吏部右侍郎。杨守陈诗文兼擅，诗风"浑雄流丽，而不戾于雅正"。著有《杨文懿全集》。今石碶街道西杨村仍保存有明代建筑"杨尚书第"、杨氏家庙"里枫棚庙"以及纪念杨守陈、杨守阯兄弟科举成就的"聚魁里"石牌坊。

湖郊即景 [1]

桃梅初熟芰荷齐，绿树阴阴鸟乱啼。[2]
北渡几潮杨叶鲝，南村一雨稻花鸡。[3]

（《甬上耆旧诗》卷八）

注　释

[1] 湖郊：指湖边。杨家一支世居"镜川之阳、小江之阴、麟凤洲之上"的杨家塊，称为东杨；另一支居于樟树下，称为西杨。在明代，东杨和西杨一带是河湖与沙洲遍布的平原，小江称为碧川，宋元时期曾是

小江湖，镜川则是仲夏里的各大小河流汇集处，杨守陈"镜川先生"名号即源于此。　　[2]桃梅：指桃子和梅子。　　[3]杨叶鲞：即白鲦。稻花鸡：是一种广泛分布于中国南方地区的家禽品种，体形偏小，其名字源于与生俱来的稻花斑纹。

赏　析

　　诗人漫步湖边，眼前呈现出一幅和谐清丽的乡村风景画：夏季桃子和梅子刚刚成熟的时节，湖面满眼尽是菱叶与荷叶，湖边绿树成荫，鸟儿们的叫声此起彼伏；几次涨潮之后，北边的渡口附近形如杨叶的白鲦，在水面欢快地跳跃，而南面村落的稻花鸡在一场雨后，也出来四处觅食了。这首即兴创作的七言绝句，歌咏家乡风物，就眼前的景物娓娓道来，显得清新自然，轻快活泼，充满生机与美感。全诗不事雕琢，却暗含闲情逸致，流露出诗人对乡村生活的热爱。

李 端

　　李端，生卒年不详，字文正，号先栎轩，鄞县人。屡试不第，以讲学为业，布衣终老。《甬上耆旧诗》称其"既为布衣祭酒，日从里中耆旧觞咏相集"。据康熙《鄞县志》以及《明诗纪事》记载，宪宗成化、孝宗弘治年间，李端与致仕归田的太仆寺丞金湜、兵部郎中洪常、学官魏俸以及处士倪光等人结成甬上诗社（又称高年诗会），相互酬唱。

送日本使僧归国 [1]

斗场曾得识高颜，杖钵萧然世外闲。[2]
已向檀林修白业，更携瓢史历青山。[3]
肩挑云影江头别，衣带天香海上还。[4]
到日贤王如有问，八方职贡列朝班。[5]

（《甬上耆旧诗》卷五）

注　释

[1] 日本使僧：指日本画僧雪舟等扬。明宪宗成化三年（1467）五月底，时年四十七岁的雪舟以从僧的身份，乘大内氏遣明使团第三号船"寺

丸"号在宁波三江口来远亭登陆，次年六月在徐琏陪同下，随使臣沿漕河北上，经杭州、镇江、南京、扬州等地，于十一月抵达北京进行文化交流，在宫廷画家张有声和李在二人处习得"设色之旨"与"破墨之法"。　　[2]斗场：即战场，这里指切磋诗画艺术的活动场所。萧然：稀疏，虚空。　　[3]檀林：佛教语，旃檀之林，佛寺的敬称。白业：佛教语，谓善业。瓢史：五代后梁时有僧人买到一葫芦，内竟有《汉书》草稿，《汉书》因此被称之"瓢史"，这里指雪舟的画作。[4]天香：芳香的美称，这里特指礼佛的香气。出自唐代沈佺期《乐城白鹤寺》诗句"潮声迎法鼓，雨气湿天香"。　　[5]贤王：有德行的君王，这里指日本国王。八方：四方和四隅，泛指各方。职贡：古代称藩属或外国对于朝廷按时所交纳的贡品。朝班：古代群臣朝见帝王时按官品分班排列的位次。

赏　析

　　日本"画圣"小田氏，早年特别推崇南宋画家扬无咎，因此自号等扬，后来偶然得到宁波著名高僧楚石梵琦书写的"雪舟"二字，视如珍宝，遂以此自号。雪舟在宁波盘桓一年有余，与著名书画家金湜、詹僖及徐琏、李端等文人结下了深厚的友谊。成化五年（1469）二月，雪舟等扬从北京返抵宁波，六月乘舟归国，宁波友人徐琏、李端等到码头送别并赠诗，留下了一段中日文化友好交流的佳话。该诗首联和颔联，先是回顾当年在切磋诗画艺术的活动场所，一睹日本著名画僧雪舟的真容并与之结识的情景，接着赞美这位在日本京都名刹相国寺修行多年的高僧，囊中虚空，仅有一杖一钵，却带着自己的画作在大明四处交游。颈联写江头送别，"肩挑云影"赞其世外闲人风采出尘，"衣带天香"颂其有道高僧佛法精进。雪舟初到宁波，便参拜了禅宗祖庭——天童山景德禅寺（今天童禅寺），后来还升为"天童第一座"（首座）。日本东京国立博物馆藏《破墨山水图》、毛利博物馆藏《山水长卷》，雪舟在这两幅代表作的落款上分别题上了"天童第一座""天童前第一座"，可见他后来一直以曾在天童座下为荣。尾联则设想雪舟回到日本后，国王询问出使情形，雪舟如实汇报，言说包括日本在内的各国贡品摆满了朝堂，大明臣民的自豪由此可见。

（日）雪舟　秋冬山水图

冯 兰

冯兰(？—1520)，字佩之，号雪湖，明代余姚县临山卫（今余姚临山）人。成化五年（1469）中进士，选翰林院庶吉士，累官至刑部郎中，后来官至江西提学副使、江西按察司副使。成化二十三年（1487）二月，时任江西按察司副使的冯兰因受同科进士尹龙（侍讲）及其父亲尹旻（吏部尚书）一案连累，被逮问。弘治年间，冯兰再次出任江西提学副使，不久告老还乡。冯兰带头捐资在杭州湾南边、余姚西北部的莲花塘南建造海塘，后人念其功德，名之为兰塘，其地称为兰塘乡（在今余姚市黄家埠镇）。他常游钓于千金湖（位于今黄家埠镇高桥村），将湖易名为雪湖，并将湖东的老宅桃花庄加以修建，命名雪湖山庄。著有《雪湖集》。

同木斋湖山唱和（其一）[1]

野讴何处采菱船，北牖风清我正眠。[2]

谷口几番黄犊雨，湖头千顷白鸥天。[3]

远林返照明村落，断岸分流入海田。[4]

池上一尊乘晚兴，醉依苔石笑颓然。[5]

（《姚江逸诗》卷六）

注　释

[1]木斋：谢迁的号。其长女嫁冯兰之子冯汝材。正德元年（1506），谢迁致仕归田后，所建银杏山庄，与儿女亲家冯兰的雪湖山庄仅隔一条洹湖岭，二人优游于林泉，彼此酬唱，抒写山水田园之乐，有《湖山唱和集》二卷。　　[2]野讴：民歌。采菱：采摘菱角，又指南朝乐府民歌清商曲《采菱歌》（又称《采菱曲》）。北牖：主人所居住的正房朝北的窗户，北窗高卧形容悠闲自得。出自陶渊明《与子俨等疏》"常言五六月中，北窗下卧，遇凉风暂至，自谓是羲皇上人"。[3]谷口：古地名，在今陕西淳化西北。西汉末年，高士郑朴（字子真）曾隐居于此，后世以谷口借指隐者所居之处。黄犊雨：指春雨。黄犊，即小黄牛，黄犊雨是春雨的一种诗意表达，也是春天勃勃生机的象征。[4]海田：谓沧海变桑田。　　[5]笑颓然：意为苔石嘲笑我年老不胜酒力。

赏　析

　　处暑时节，清风徐来，诗人北窗高卧，无比惬意，远处忽然传来采摘菱角的人信口唱出的民歌小调《采菱曲》，因此触发了诗人对致仕归田后闲适生活的感慨。隐居雪湖山庄，历经了几度春雨；屡见千顷湖畔，翩飞过无数白鸥。夕阳的余晖洒在远处的山林，映照山边的村落；附近的姚江分流千金湖水，汇入远方的大海。傍晚时分，置身于如此山水佳境，乘着兴再饮一樽，喝醉了就倚靠在池塘边长着青苔的石头上，苔石却嘲笑我年老不胜酒力却如此喜好饮酒。冯兰晚年寄情山水，吟咏多有佳作。该诗先是运用白描手法，将山水客体化为认识的对象，让山水的价值融入主体，成为诗人自己生命的一部分；结尾"笑颓然"一语，则采用拟人手法，将山水主体化，反而让自己处于客体的位置，成了"苔石"嘲笑的对象，使得该诗情趣油然而生。

宋　夏圭　湖山访友图

谢　迁

谢迁（1450—1531），字于乔，号木斋，余姚东山乡第四门（今余姚市泗门镇）人。明代名臣、文学家。宪宗成化十一年（1475）中状元，授翰林修撰。后晋升为少詹事、詹事并兼侍讲学士。孝宗弘治八年（1495），入内阁参与政务。告老还乡后，他兴修水利，造福乡里，还支持次子谢丕创办东山、丛桂两家书院，并亲自讲学，提携后学。著有《归田稿》八卷，《湖山唱和》二卷附联句一卷。

叠前韵酬雪湖[1]

短楫轻风午钓还，数声欸乃水云间。[2]

碧含香露桃千树，翠抹晴烟柳一湾。[3]

藉草醉眠芳径稳，临流坐对浴凫闲。[4]

探春直到山深处，自诧跻攀力未艰。[5]

（《归田稿》卷七）

注　释

[1]叠前韵：指新作的一首诗沿用了旧诗的韵脚。雪湖：指冯兰。这首诗是谢迁沿用旧韵酬答冯兰的一首诗。　　[2]短楫：短桨，代指小

船。欸乃：象声词，行船时的摇橹声，因古琴有曲名叫《欸乃》（又名《渔歌》），故欸乃又代指渔人划船时的歌声。　　[3]香露：花草上的露水。晴烟：天空晴朗时升腾的烟云。　　[4]藉草：指坐卧在草地上。芳径：花径，花间的小路。凫：野鸭。　　[5]跻攀：攀登。

赏　析

首联和颔联以写景为主，景中含情。微风轻拂湖面，小渔船归来，轻快的渔歌和着咿咿呀呀的橹声，飘荡在山水和云天之间。湖畔无数盛开的桃花，使得碧草也捎带着馥郁的花香；湖湾一树树的垂柳，也给春日晴空升腾的烟云点染了一抹翠绿的颜色。"碧含香露"和"翠抹晴烟"中，一"含"一"抹"，运用拟人手法，动静结合，凝练却又传神地表达出对生活的热爱。颈联和尾联以叙事为主，叙中融情。诗人时而安稳地醉卧在花间小径的草地上，时而面对着清澈的湖水，悠闲地观赏野鸭浮水嬉戏；偶尔去探寻春天的足迹，走到山林的深处，诗人不禁惊讶自己攀登山峰并不感到吃力。结尾以惊讶"跻攀"不觉吃力收束全诗，欣喜之情溢于言表。谢迁诗风正大温厚，不事雕琢，颇受后人推崇。

倪宗正

　　倪宗正，生卒年不详，字本端，别号小野，余姚人。武宗初年，宦官刘瑾专权，倪宗正因与谢迁同乡，被归入谢党，以翰林院庶吉士的身份外放太仓知州。历迁兵部武选司员外郎，曾因反对武宗南巡而受廷杖。官终南雄知府。后告假回籍养伤，在"雪昼堂"东翻建新楼，取名"清晖佳气楼"。倪宗正精通《易经》，工于书法与诗歌，著有《倪小野先生全集》。位于今余姚武胜门街区的倪宗正故居清晖佳气楼，其正南不远处便是王阳明出生地瑞云楼，两者隔碧溪河南北相对。

题黄百川先生十景 箭山拥翠[1]

箭山高万丈，空翠拍天浮。[2]

雨意长含润，山光烂不收。[3]

斜拖白鸟阵，倒洗碧潭秋。[4]

娟娟若可揽，独倚夕阳楼。[5]

（《倪小野先生全集》卷五）

注 释

[1]黄百川：即黄伯川，原名黄海，字百川，明代余姚县通德乡黄竹浦（今余姚市梨洲街道黄箭山村）人。后以字登天顺六年（1462）举人榜，更名伯川，更字德洪，号蛰庵。任建宁府教谕，致仕归田，徜徉山水，与倪宗正唱和，著有《竹桥十咏》。倪宗正称其农谈咸话，孙谋党规，水旱之忧、稼穑之乐、泉石之趣、时物之感，皆本于性情，可谓大雅君子。箭山：即黄伯川家乡的黄箭山。　　[2]空翠：指绿色的草木。　　[3]烂不收：光彩夺目，美不胜收。　　[4]碧潭：黄箭山上有潭名"龙湫"。[5]娟娟：姿态柔美的样子。

赏 析

该诗的首联和颔联，作者用拟人和夸张的手法描述箭山：它高耸万丈，山上绿色的草木拍击着浮云流动的天空；箭山似乎总是含着湿润的雨意，青翠欲滴。景色光彩夺目，美不胜收。颈联和尾联则着重描绘山上的"龙湫"碧潭：一队白鸟飞过，在潭面拖下斜斜的影子，秋日的天空倒影潭中，明净如洗；夕阳西下，独自倚靠在楼上，眼前融入了山色的潭水姿态柔美，似乎伸手便可揽入怀中。诗中的"拍""拖""洗"等动词十分洗练传神，结尾"独倚夕阳楼"一语，以作者沉醉忘归的状态烘托"箭山拥翠"美景，可谓言有尽而意无穷。倪宗正诗歌在思想深度、情感表达和艺术表现上均有较高成就，王阳明认为其诗风逼近陶渊明和杜甫。

王守仁

王守仁（1472—1529），字伯安，号阳明，浙江余姚人。弘治十二年（1499）进士。官至南京兵部尚书、左都御史。王守仁是"心学"的集大成者。著有《王文成公全书》。

京师诗八首 忆龙泉山[1]

我爱龙泉寺，寺僧颇疏野[2]。

尽日坐井栏，有时卧松下。

一夕别山云，三年走车马。

愧杀岩下泉，朝夕自清泻[3]。

（《王文成公全书》卷一九）

注　释

[1]龙泉山：原名灵绪山、屿山，位于浙江余姚城西、姚江北岸。山腰有一石井，泉水终年不涸，水面常呈现两条游龙波纹，故名为龙泉，山因此而得名。龙泉山南麓有始建于东晋的浙东名刹龙泉寺，王守仁的父亲王华早年曾在此寺中读书。　　[2]疏野：形容举止放纵不拘。
[3]愧杀：表示极度惭愧。

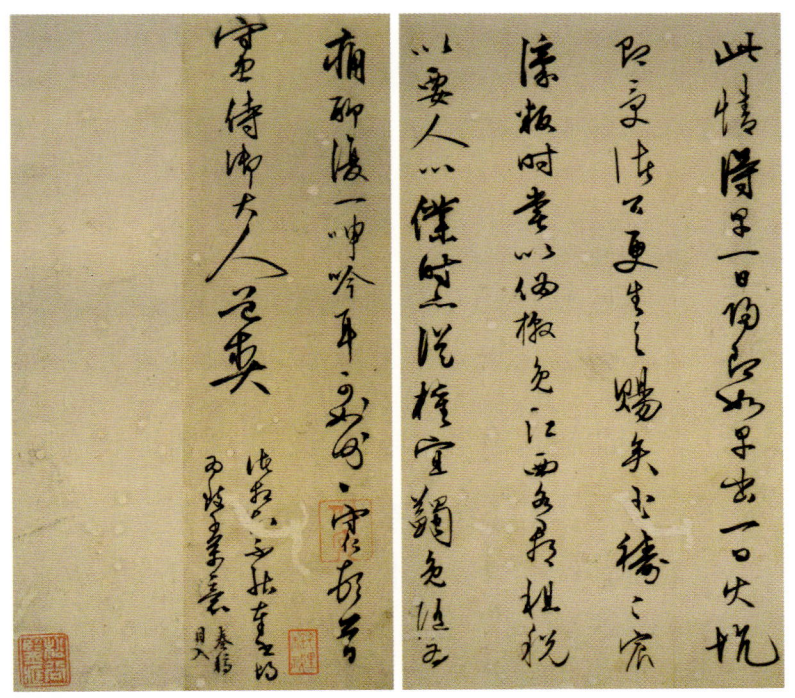

明　王守仁　行书上朱侍御札

赏　析

弘治十八年（1505），王守仁改授兵部武选清吏司主事，同时开始正式授徒讲学，倡言立志为圣人。此时，他写下了忆念家乡故山旧友的《京师诗八首》，《忆龙泉山》即其中之一。诗人下笔即直抒胸臆，表达对故乡龙泉寺的热爱之情。寺里的僧人无拘无束，整天在井栏边上闲坐，或者在松树下酣眠，这样的生活实在令人羡慕不已。然而，自从作别故乡，自己多年来辗转于官场，深受官场羁绊,因此一想到处于红尘中的自己心灵被世俗风气浸染,而整日汩汩滔滔的龙泉山泉却依然清冽,就羞愧不已。这首诗所反映出的崇尚自由的性情,正是王守仁日后在学术上能不落窠臼、大胆创新的重要原因。

杖锡道中用张宪使韵[1]

山鸟欢呼欲问名,山花含笑似相迎。

风回碧树秋声早,雨过丹岩夕照明。[2]

雪岭插天开玉帐,云溪环碧抱金城。[3]

悬灯夜宿茅堂静,洞鹤林僧相对清。

(《王文成公全书》卷二〇)

注 释

[1]杖锡:指杖锡山,山因始建于唐代的杖锡禅寺而得名,在今宁波市海曙区章水镇杖锡村。张宪使:据束景南先生说"疑即慈溪张昺"。张昺累官至四川按察副使,故称宪使,此时张昺家居鄞县,与王阳明应有诗歌唱和。　[2]丹岩:指杖锡山附近的韩采岩、屏风岩、佛手岩、中峰岩等,这些山岩呈褐红色。　[3]雪岭:指杖锡山的中峰。开玉帐:形容周边的山峰围绕着中峰如同将士们围绕着主帅安营扎寨。玉帐,玉饰之帐,也指主帅所居的营帐。金城:本指坚固的城池,这里指杖锡禅寺。

赏 析

　　这首诗作于正德八年（1513）六月中旬至七月初，描绘游杖锡山一路所见所闻，动静结合，相映成趣。首联采用拟人手法，从听觉与视觉两方面描摹诗人一行前往杖锡山一路上的所闻所见，洋溢着无比喜悦的心情。颔联写风在碧绿的树林里拂过，发出沙沙的回响，夕阳映照着雨水冲洗过的丹红色的山崖，显得格外耀眼。前两联写山鸟山花、秋声夕照，显得无比热闹。颈联写杖锡山的中峰雪岭直插云天，被周边的山峰簇拥着，如同将士们围绕着中军主帅的营帐安营扎寨一样，而溪流和碧树环绕的杖锡禅寺，如在云端之上，仙气飘飘。尾联则写师徒一行夜宿禅寺的情景，后两联写雪岭直插云天、禅寺溪树环抱，而茅堂悬灯、僧人清修，显得清静自在。

陆　铨

陆铨（1492—1543），字选之，号石溪，鄞县人。嘉靖二年（1523）进士，除刑部主事。嘉靖三年（1524），与弟编修钅予争大礼，并系诏狱被杖。后以才推典十三司，改武库员外郎，转礼部仪制郎。为权贵张璁所忌，出为福建按察副使，摄海道。迁河南参政、广西按察使。嘉靖十八年（1539）升广东右布政使。以内艰归，卒于家。著有《石溪集》。

月湖行

我家住在湖之西，中有岛屿湖之湄。
东风三月桃花水，清阴百丈杨柳堤。[1]
宝塔浮云耸高汉，石桥流水飞双凫。[2]
高汉双霓西复东，往来人影绿光中。
狂客祠前朝酹酒，梦公堂里夜闻钟。[3]
风起沙惊凫鹜乱，雨来声满荻蒲丛。[4]
何家公子好游侠，木兰为船桂为楫。[5]
轻篷细桨荡中流，翠钿宝髻娇双颊。[6]

清歌一曲白云飞,朱颜百媚红蕖落。[7]

湖前湖后何缤纷,桥上人看湖上人。

行人但识湖船乐,游人更羡湖光新。

夹岸人家门第改,惟余明月湖心在。

露华晓候渔舟出,星光暮入水亭待。

亭上主人久不归,湖光月影徒辉辉。[8]

(《甬上耆旧诗》卷九)

注 释

[1]桃花水:即春汛,因出现在春天二三月桃花盛开时,又称桃花汛。
[2]宝塔:指天封塔。高汉:指天空。汉,天河。   [3]狂客祠:即贺监祠。梦公堂:在月湖西,为北宋银青光禄大夫周师厚第。   [4]鹅(chì):鸂鶒。水鸟名。形大于鸳鸯,而多紫色,好并游。俗称紫鸳鸯。
[5]木兰为船:指木兰舟。原指用木兰木造的船,后常用为船的美称。
[6]翠钿:用翠鸟羽毛制成的首饰,犹翠靥。轻薄精美,可饰于面。
[7]红蕖:红色的荷花。   [8]辉辉:明亮的样子。

赏 析

陆铨家住月湖之西,对月湖的感受比常人更为深切,故能多侧面地勾画出月湖的形象。开头八句写出了月湖的地理景观,东西憧憧桥更像两道彩虹卧于湖上,而石桥下的流水中野鸭成双成对。

月湖不仅风景优美，各色人物的登场亦成风景。"何家公子"六句，换了场面，作者用华丽的词藻铺写公子游湖的排场。"湖前湖后"四句总写观感：湖上湖畔，人影缤纷，游湖之人可看，看人游湖的行人亦可看。"桥上人看湖上人"一句极好，两者所"看"的指向虽有所不同，但又都成为诗人眼中的风景。最后六句紧扣"月"字来写。湖上渔子驾舟晓出，星光暮入时才靠泊于水亭，他们为生计而活，自然顾不上湖光月色，而真正能领略湖光月色之美的亭上主人却又久出不归，那今晚摇曳生辉的湖光月影又有何意义？最后两句给出的空镜头，发人深思。

张时彻

　　张时彻（1500—1577），字维静，号东沙，宁波府鄞县布政张家潭村（今属宁波市海曙区古林镇）人。明世宗嘉靖二年（1523）进士。授南京膳部主事，进兵部武库员外郎，再改礼部任仪制郎中，后历官福建、江西、山东、河南、湖广、四川等地，所至多有政绩。嘉靖三十三年（1554），出任南京兵部尚书。次年七月，倭寇进犯南京，张时彻闭城防御，遭御史弹劾，并受严世蕃排挤，时年五十六岁的张时彻罢官归里。居家肆力著述，兼治农事，置有武陵庄（在今横街镇林村武陵山下）、茂屿山庄（东钱湖西南）、清溪别墅、月湖精舍、宝纶堂等，常与文人雅士觞咏其间，与范钦、屠大山主持甬上文坛，人称"东海三司马"。著有《芝园定集》。

六至茂屿长短咏（其五）[1]

长啸入云中，凌风行木杪。[2]

坐来抚鸟背，历历众山小。[3]

（《芝园定集》卷一八）

注 释

[1]茂屿：茂屿山，在东钱湖西南（今云龙镇梅池）。张时彻偶与众人出游东钱湖，见此处清幽雅致，遂购置改造扩建成楼台馆舍、山亭水榭、林田池沼一应俱全的茂屿山庄，是当时甬上文士诗会雅集的重要场所。　　[2]凌风：驾着风，亦指乘风。木杪：树梢。　　[3]抚鸟背：指坐在高处远眺。

赏 析

张时彻在茂屿山庄，召集郡中文人雅士诗酒唱和。这首小诗摹写了一幅幽居生活的图景：诗人撮口长啸响遏行云，乘着清风穿行于山林间；在山脊高朗开阔处坐下来眺望远方，只见群山历历在目，无比清晰。

张时彻被迫致仕后，过着亦儒亦道的生活，虽然优游林泉，流连诗酒，但仍不忘用世之志，常常流露出对黑暗政治的愤激之情。"历历群山小"脱胎于杜甫《望岳》"会当凌绝顶，一览众山小"，寄寓着诗人登高望远、意欲大有作为的情怀。

范　钦

　　范钦（1506—1585），字尧卿，号东明，鄞县人。著名藏书家。嘉靖十一年（1532）进士，累官随州知府，又入朝为工部营缮司郎中。后因得罪皇亲国戚武定侯郭勋，被下狱责罚，外放为袁州知府。历官广西参政、福建按察使、云南右布政使、陕西左布政使等职，后晋升兵部右侍郎。时值严嵩父子当权，国事日非，范钦未赴任而去职还乡，归居月湖。范钦终生嗜书，喜好收藏。为官多年，每至一地，广搜公私刻本，在收集和保存图书文献方面的贡献极大。回归故里后，在月湖西岸建造了中国现存最古老的藏书楼——天一阁，收藏图书多达七万余卷。有《天一阁集》《四明范氏书目》等著作传世。

登江口塔[1]

古塔缘危刹，登攀思独雄。[2]

长天积水静，落木万山空。

夜见西驰日，霜催北下鸿。

谁能乘逸兴，去去入无穷。[3]

（《天一阁集》卷五）

明 佚名 范钦像

注 释

[1]江口塔：位于今宁波市奉化区江口街道西边塔山（即甬山）之上的寿峰塔，该塔始建于后唐同光年间，在隋代古寺白雀寺旁，因此俗称白雀寺塔。明代永乐年间曾经大修，嘉靖八年（1529）坍塌后又重建。
[2]危刹：指建在高山上的寺院。　　[3]逸兴：超脱世俗的豪放意兴。去去：远去。

赏 析

　　古塔紧邻着山顶的寺院而建，登上塔顶，内心不禁涌起一股超迈绝伦的逸兴。只见秋水长天，显得格外明净；落木萧萧，群山无比空旷寂静。"长天"两句，突出深秋景色的明净空旷，既写眼前之景，又道心中之情，意境十分开阔。夜暮时分日落西山，北方的大雁在寒霜的催促下成群结队地飞往南方越冬；谁能乘着这遄飞的逸兴，像仙人广成子那样驾着白云远遁于苍茫的天地之间呢？明代诗人何景明仿李白《古风》其二十五结尾"归来广成子，去入无穷门"，以黄帝时仙人广成子悟得至道、白日升仙的典故，抒发了对隐逸生活的向往。范钦在朝政腐败、世风日下的处境下，萌发这种出尘之想，也在情理之中。

明　范钦　诗翰长卷（局部）

沈明臣

　　沈明臣（1518—1596），字嘉则，号句章山人，晚号栎社长，浙江鄞县人。内阁首辅沈一贯叔父。平生诗作七千余首，与王叔承、王穉登同称为万历年间三大"布衣诗人"。著有《丰对楼诗选》《越草》《荆溪唱和诗》《吴越游稿》等。

灯夕范司马安卿天一阁即事[1]

良时引客坐清辉，杰阁雕甍俯翠微。[2]
青岭露花欹野鬓，碧池春水媚游衣。[3]
灯悬高树星河近，帘卷中天海月飞。
共喜太平歌既醉，六街尘静未言归。[4]

（《丰对楼诗选》卷三一）

注　释

[1]灯夕：元宵节的别称。范司马安卿：即范钦，字尧卿，一字安卿。即事：以眼前的事物或景物为题材作诗。　　[2]引客：邀请并接待客人。清辉：指月光。俯翠微：俯瞰青翠缥缈的山光水色，形容楼高。
[3]青岭：苍翠的山岭，指月湖边的镇明岭。露花：带露的花。欹：

倾斜，斜插。野鬟：指观灯之人的鬟角。媚游衣：使游衣明媚生色。
[4]六街：原指唐代长安的六条中心大街，后泛指一般城市的大街。尘静：车马扬起的尘土已经落下转为宁静，形容很晚的夜间。

赏　析

　　这首七律写诗人与范钦之间的交往，展现了明中叶宁波文人雅士欢度元夕的情景。谈到元宵节诗词，人们不禁会吟诵宋代欧阳修《生查子》的"去年元夜时，花市灯如昼"，以及辛弃疾《青玉案》的"东风夜放花千树，更吹落，星如雨。宝马雕车香满路。凤箫声动，玉壶光转，一夜鱼龙舞"。那些公共场合热闹的观灯场面描写令人难忘。这首诗则是对明代元夕文友家宴的描绘，可谓别开生面。诗中细致摹写了天一阁的建筑和元夕时园林中的情景：月上中天，清辉遍洒；杰阁凌空，樟荫翠盖；灯火高悬，碧池深映；歌筵人醉，夜深犹喧；主客欢喜，共享清平。如果说欧词写世俗约会的爱情，辛词写作者的淡泊孤高，那么，这首诗则是写一场文会，反映了文友们在灯火明月的清景之中举杯同饮共叙诗情的雅怀。

吕 时

吕时，生卒年不详，一名时臣，字仲父，浙江鄞县人。生活于明神宗万历初。早岁即有诗名。游历甚广，客死涉县。著有《甬东山人稿》七卷。

沈世君问宁波风土应教五首（其三）[1]

淹淹梅雨后，卑湿用楼居。[2]

有地俱成稼，无人不读书。[3]

香多吸老酒，鲜极破黄鱼。[4]

顿顿新粳饭，先将赋税除。[5]

（《甬上耆旧诗》卷二三）

注 释

[1] 沈世君：指朱恬烄（？—1582），明朝第六代沈王。世君，当世的王爷。应教：应王爷之命而作的诗文。　[2] 淹淹：水流的样子。卑湿：地势低下潮湿。　[3] "有地"二句：该联盖自唐杜荀鹤《送友游吴越》"有园多种橘，无水不生莲"句式化来。　[4] "香多"句：意为吸入宁波老酒的浓烈醇香，深感陶醉。吸，吸入（香气）。

老酒,这里应指"明州金波"一类的黄酒。"鲜极"句:意为挑破黄鱼的肉,品尝到极好的海鲜味。破,(用筷子)挑破。 [5]新粳饭:用当年收获的新粳米做的饭,比用往年储蓄下来的陈米做的饭好吃。

赏　析

　　这首五律的题目很特别,是作者答复沈王朱恬烄关于宁波风土的应教诗。世君是对在位王爷的称呼。沈王朱恬烄对宁波风土颇感兴趣,仔细询问当地人士吕时。多亏他的答诗,我们今天能够看到明代宁波的一些风土人情。该诗中,诗人除了向王爷禀报行政(除税)和文教(读书)这两项政治内容以外,其余都是楼居、农事和饮食等方面的风土人情。宁波是海滨水乡,地低潮湿,特别是梅雨季节,人家多居楼上,地面一层不住人。宁波人很勤劳,可耕种的土地上都种满了庄稼。八句诗中,有三句集中讲酒、菜、饭,老酒醇香,黄鱼鲜美,粳饭可口,突出了物产的丰富。从诗中的精彩描写来看,作者对家乡的富庶生活和地方特色的老黄酒、粳米饭,特别是大黄鱼,感到很骄傲。

杨　珂

　　杨珂(？—约1578)，字汝鸣，号秘图，浙江余姚人。少为诸生，不以科举为事，隐居于本邑秘图山，养母以孝闻。自放于山水间，天台、四明题咏殆遍。其书法得晋人笔法，与徐渭齐名，为诗亦潇洒不群，但诗名不出越中。生性疏逸，胡宗宪在余姚，欲请其入幕府而不可得。卒后新安门人范氏得其手书草稿编为《怡斋集》一卷，摹刻于武林。

之四明山居经南岭

遥遥四明居，幽路经南岭。

寒烟护远村，旭日穿林影。

茅屋四五家，石田两三顷。

山鸡啼竹罅，野鹿走峰顶。

霜浓柴叶白，涧曲泉声静。

清晖到处佳，幽趣何人领？

愿言长休哉，使吾发深省。[1]

（《姚江逸诗》卷一一）

注　释

[1]愿言：想要，希望。

赏　析

　　这首诗采用白描手法，注意对总的印象和情绪的把握，不刻画不雕琢，颇有陶诗风味。全诗以行经所见为线索，善于以动写静，动静结合，以显幽趣。如"护"和"穿"虽都是动作，但却是无声的；偶而听到竹鳞中传出几声山鸡的啼叫，还有涧曲传出的泉声，反而更显山居之幽；野鹿悠然游走于峰顶，又恰与茅屋四五家一起，构成不惊不扰的和谐氛围。作者在感叹"幽趣何人领"之时，事实上也在为自己的独领"幽趣"而得意。

姜子羔

姜子羔,生卒年不详,字宗孝,别号对阳,浙江余姚人。嘉靖三十二年(1553)进士,初授成都府推官,后调入礼部主事,升为行太仆寺卿。

泛万金湖入大慈寺[1]

花雨净氛埃,仙舟镜里回。[2]

湖平孤屿出,天阔万峰来。[3]

云掩全藏寺,山青尽点苔。[4]

惟余孟夫子,迢递独寻梅。[5]

(《姚江逸诗》卷一二)

注　释

[1]万金湖:东钱湖的别称。大慈寺:在今宁波市鄞州区环湖东路(福泉山茶场)附近,因后山有座大慈山(宰相史弥远葬慈母于此,故更此名)而得名。初建于梁天监二年(503)。　[2]花雨:佛教术语,即诸天为赞叹佛说法之功德而散花如雨。仙舟:指作者所乘坐的泛湖之舟。　[3]孤屿:指霞屿禅寺所在的湖心屿。万峰:指福泉山一

带的群峰。　　[4]山：指福泉山。　　[5]惟余：只剩下。孟夫子：指唐代山水诗人孟浩然。迢递：遥远的样子。

赏　析

　　这是一首游览宁波东钱湖并参访大慈寺的诗。诗人在一个春天独自来到宁波，泛舟东钱湖，问梅大慈寺。纷飞的花雨荡涤了污浊之气，诗人乘坐的小船如同仙舟从镜子般的湖面驶来。东钱湖风平浪静，湖心的霞屿从远处已隐隐浮现。宽广的天穹之下，无数青山涌到眼前。因为被云雾遮掩，寺院完全看不到了，福泉山苍翠，到处都滋长着青苔。只有诗人自己像唐代的山水诗人孟浩然一样，在如雨的落花之中登上高拔而又深幽的福泉山，到大慈寺探寻最后的梅香。诗人自比被李白尊称为"孟夫子"的孟浩然，追逐着他在鹿门山踏雪寻梅的风流足迹，在宁波的福泉山再现唐贤当年的韵事，留下了宝贵的笔墨。

戚继光

戚继光（1528—1588），字元敬、文明、汝谦，号南塘、孟诸，谥武毅。祖籍凤阳定远（今安徽定远），生于济宁。军事家、书法家、诗人、抗倭名将。嘉靖二十三年（1544），袭父职任登州卫指挥佥事。嘉靖三十四年（1555），调至浙江御倭前线，任宁绍台参将。至义乌招募农民和矿徒，组练新军，配以精良战船、兵械。嘉靖四十年（1561），在台州、仙居、桃渚等处大胜倭寇，九战皆捷。工于诗文。著有《止止堂集》《纪效新书》等。

登伏龙寺忆昔[1]

梵宇萧条自翠微，丹枫白石静双扉。[2]

曾于山下挥长戟，重向尊前醉落晖。

衰草尚迷游鹿径，秋云空锁伏龙矶。[3]

遥看沧海舒孤啸，百尺仙桥一振衣。[4]

（《止止堂集·横槊稿》）

注 释

[1]伏龙寺：在今浙江省宁波市慈溪市龙山镇伏龙山（此镇因伏龙山而得名）。《宝庆四明志》"其山跨东海、西海之门，宛若龙头龙尾之形，因名伏龙山"。寺始建于唐咸通三年（862），鉴诸禅师云游至此，见此山状如蛟龙，云雾升腾，四周大海，环境幽雅，深信为修行道场，遂发愿开山建寺。　　[2]梵宇：佛寺。翠微：青绿朦胧的山色。　　[3]游鹿径：麋鹿游走的山路。伏龙矶：形似巨型矶石的伏龙山。　　[4]沧海：指杭州湾一带的海域。百尺仙桥：或指伏龙寺外小溪旁的刺史桥，为北宋王安石所建。庆历七年至皇祐二年（1047—1050）期间，时任鄞县知县的王安石多次攀登伏龙山，为了贯通山径，筑造这座石拱桥。这座石拱桥高约两米。百尺为夸饰之词。

赏 析

　　抗倭名将戚继光这首诗的诗题中"忆昔"二字指的就是他当年在慈溪指挥的那场"龙山之战"。这首诗是诗人数年后在一个秋日回到慈溪旧日战场参访伏龙寺，抒发感慨之作，写得雄劲浑茫。嘉靖中，时任宁绍台参将的戚继光率军赴慈溪抗击来犯的倭寇，大军开到了龙山。他观察地形，谋划部署，利用龙山有利的地形，身先士卒歼灭了敌军一千多人，赢得一场大胜仗。戚继光不但武功赫赫，而且文采卓著，这是十分难得的。这首七律对仗工整，句式灵活，用典精巧，韵味深浓，显示了诗人的壮阔胸怀。

屠　隆

屠隆（1542—1605），字长卿，又字纬真，号赤水，晚号鸿苞居士，别署一衲道人、蓬莱仙客、娑罗主人等，浙江鄞县人。明万历五年（1577）中进士，授颍上县令，后调任青浦县令。万历十一年（1583），擢礼部仪制司主事，次年因诬被免。后寄情山水，四处游历，极好诗文，蓄养家班。著有《由拳集》《白榆集》《栖真馆集》等。

春日怀桃花别业十首（其七）[1]

五月黄鱼熟，千帆劈浪过。[2]

烟中列酒舍，花底挂渔蓑。

人语水禽乱，箫声估客多。[3]

傍船歌越女，步步欲凌波。[4]

（《白榆集》卷四）

注　释

[1]桃花别业：屠隆别业的名称，遗址在宁波江北区姚江边桃渡路附近。　[2]黄鱼熟：黄鱼长到肥美的程度。夏季端阳节前后是大黄

鱼的主要汛期，此时黄鱼肥美，最具食用价值。　　[3]估客：商人。[4]歌越女：宁波船家姑娘在船边歌唱。越女，宁波旧属会稽郡，春秋时为越国，故称。凌波：语出曹植《洛神赋》"凌波微步，罗袜生尘"。比喻美人步履轻盈。

赏　析

屠隆的这首五律将姚江边桃花别墅一带的商贾情况展现得颇为生动。嘉靖《宁波府志》说宁波人"朴茂醇实，农勤于耕，女勤于织，商贾鬻鱼盐，工供日用，绝无四方奇邪之习"。屠隆出身于商贾家庭。其父屠浚"少读书，已乃弃去，业商贾"（见屠隆《先君丹溪公诔并序》）。屠隆特别关注商贾，在诗歌中为我们留下了这方面的珍贵描写，"人语水禽乱，箫声估客多"。他的桃花别墅一带也是"烟中列酒舍，花底挂渔蓑"，在烟水茫茫、桃花艳艳的美丽环境中，人们从事着各种商业活动。除了由许多估客参与的商业以外，相关的服务业（如酒舍等）也随之繁荣起来。还有娱乐业，不时有美丽的歌女演出，"傍船歌越女，步步欲凌波"，丝竹声声，舞袖扬扬，更具地方文化韵味。

戴　澳

戴澳，生卒年不详，字有斐，号斐君，浙江奉化人。万历四十一年（1613）进士，曾任应天府丞。著有《杜曲集》。

蛟川夜泊[1]

潮推明月上，先照海西城。[2]

客聚杂吴越，船多乱鼓钲。[3]

连樯波上影，回浪浦边声。

月午潮初落，喧闻出汛兵。[4]

（《杜曲集》卷二）

注　释

[1]蛟川：宁波镇海的别名，本指大浃江，即甬江在镇海段的总称。
[2]海西城：即镇海县城，因前面就是东海，故称。　[3]吴越：指吴越两地之人。乱鼓钲：有许多鼓声和钲声在指挥船只的行驶。鼓与钲均为打击乐器，古代用于指挥打仗或行军。这里是用于对行船的调度。　[4]月午：月至午夜，即半夜。汛兵：汛地的士兵。汛，旧时军队驻防的地方。

赏　析

　　明代戴澳的这首《蛟川夜泊》是专写镇海风土的。全诗勾勒了这一海滨县城的美丽画卷，体现了诗人见到这片水乡的欣喜之情。他写到了明月朗照之下的海滨县城，一个"先"字突出了得天独厚的县城环境，正是宋苏麟"近水楼台先得月，向阳花木易为春"诗句中的感觉。这里船运和商贸十分繁荣，商贾云集，船只众多。海潮涨落，人声鼎沸。诗人贪看夜景，午夜未眠。明代自嘉靖以后，特别是万历后期，是宁波港最繁荣的时期，"商舶所经，百珍交集"。由于东南倭患和御倭战争的原因，定海县（至清代改称镇海县，即今镇海区）成了浙江巡抚第二个常驻地（第一个是杭州）。这一优先的地理位置是蛟川为时人所重的原因。戴澳这首诗忠实地反映了这一情况。

刘振之

刘振之（？—1642），字而强，浙江慈溪人。崇祯初举于乡，署东阳教谕，迁鄢陵知县。博学耿介，性刚烈，有气节，以"不贪财、不好色、不畏死"三语立志。死后赠光禄寺丞。

阚湖即事 [1]

阚峰天外吐，双碧逗晴空。[2]

山色清如洗，云岚澹转工。

半痕印水月，几阵信花风。[3]

目送飞鸿下，烟霞满翠筒。[4]

（光绪《慈溪县志》卷八）

注　释

[1] 阚湖：即慈湖。阚湖是为纪念三国时期吴国大臣和学者阚泽而命名的。阚泽（？—243），字德润，所以慈湖又被称为"德润湖"。南宋学者杨简曾经隐居于湖畔，他认为溪和县都以董黯的"慈孝"而命名，湖也不应该例外，故改称"慈湖"。　　[2] 阚峰：即阚泽故居（即今慈城中学）后面的山。双碧：即双顶山，在宁波市慈城镇双顶山村。

[3]信花风：即花信风。人们把花开时吹过的风叫作"花信风"，即带有开花音讯的风候。　　[4]目送飞鸿：典出三国魏嵇康《四言赠兄秀才入军诗十八首（其十四）》"目送归鸿，手挥五弦"。下：降落到（湖面）。

赏　析

刘振之生于明朝末世，博学多才，又富气节，是位难得的正人君子，但他长期埋没乡里，未得科名，直到崇祯初才以才华和人品而被举荐，到金华府东阳县任教谕。这首诗当是他出任教谕之前在家乡探访山水之作。这是一首极其工整的五言律诗，从形式到内容，无一不精，辞藻典丽，句式灵动，意境渊雅，别有匠心。全诗结构独具机杼，不同于普通的章法。前两联写山，后两联写水，相互映衬，两两交织。青山高出天外，耸立晴空，清清如洗，淡淡含烟；湖水澄澈，水面生风，水清映月，引鸿飞下。诗人在涵泳山水之中见性见志。这山如诗人伟岸的身躯，这水似诗人深邃的胸怀。虽未明言，其情已显。

梁云构

梁云构（1584—1649），字匠先，号眉居，兰阳（今河南兰考）人。明崇祯元年（1628）进士，官至佥都御史，福王时授兵部侍郎。入清授通政司参议，迁大理寺卿，擢户部左侍郎。有《豹陵集》。

满江红 招宝山阅水操

江海汇流，看涌浪、兼天如屋。登鳌背，东夸海若，宜王百谷。[1]黑子诸邦徒一点，黄龙战舰飞千舳。[2]果南人、使马并扬帆，一般熟。　　飞羽插，鲸鲵肉。夜灯烧，蛟龙窟。听天声震炮，日夷缩朒。[3]渊客渔人消浪梗，元龟象齿输荒服。[4]有圣人、沧海不扬波，蛮方伏。[5]

（《豹陵集》卷二三）

注　释

[1]海若：传说中的海神，即《庄子·秋水》中的"北海若"。王：动词，称王。因江海为所有谷水汇集之地，故称为"百谷王"。《老子》"江

海所以能为百谷王者，以其善下之，故能为百谷王"。　[2]黑子：比喻土地狭小。汉贾谊《上疏请封建子弟》"淮阳之比大诸侯，廑如黑子之着面"。　[3]缩朒：退缩。　[4]渊客：船夫。浪梗：漂流的桃梗，比喻漂泊无定之人。元龟：大龟。荒服：古"五服"之一。称离京师两千到两千五百里的边远地方。亦泛指边远地区。　[5]"沧海"句：比喻太平盛世，平安无事。

赏　析

　　这是一首稀见的明代抗倭词。作者梁云构历任兵部侍郎，曾于招宝山检阅水师操练，因赋此词。起笔意境开阔，由江水奔腾写到川流入海，突出招宝山作为镇海关隘、海防要塞的险要位置。随后称赞水师战舰精良，战士操练娴熟，还特地点明"南人"才有此能耐，想必很得军心。下片展望未来的战斗：羽箭插上鲸鱼之背，战火绵延到蛟龙之窟，渲染我军气势如虹。伴随着漫天炮声，倭寇最终溃退。经过这番犁庭扫穴，我国渔人不再像桃梗一样漂泊海上、朝不保夕，海外藩国也能顺利入贡，免受袭扰。末句却堕入颂圣俗套，大意说有圣明君主，才能保障河清海晏，四夷臣服。该词很符合词人身份以及其时的创作场景，表现了明代军士抗倭决心。

黄宗羲

黄宗羲（1610—1695），字太冲，号南雷，学者称为梨洲先生，余姚黄竹浦人。十九岁时入都为父讼冤，锥刺仇人许显纯。南明时，与复社成员一起揭发阮大铖的罪恶。南明亡后，从鲁王抗清，授左副都御史职。明亡后，奉母归故里，隐居讲学，不仕清廷。康熙七年（1668），讲学甬上证人书院，培养了一批优秀学者。著有《明夷待访录》《明儒学案》《南雷文定》等。

山居杂咏（其一）

锋镝牢囚取次过，依然不废我弦歌。[1]

死犹未肯输心去，贫亦其能奈我何。[2]

廿两棉花装破被，三根松木煮空锅。

一冬也是堂堂地，岂信人间胜着多。[3]

（《南雷诗历》卷一）

注 释

[1]锋镝：刀刃和箭镞。这里借指抗清斗争。取次：挨次。　[2]输心：变心。这里指认输投降。　[3]胜着：高明的手段。

清　黄宗炎　村东水榭图（局部）

赏　析

　　黄宗羲抗清失败后蛰居故乡，全家人住到四明山麓的化安山中。《山居杂咏》六首即为避居化安山时创作的一组明志诗，作于顺治十六年（1659）。首联说，经过了刀锋箭镝，受到通缉差点儿坐牢，但诗人一直没有停止过读书弦诵，可谓大义凛然。颔联进一步以议论之笔表现出坚定的气节：就是死，也决不肯自认失败，至于"穷"，又能对我怎么样呢？颈联形象生动地刻画出了诗人眼前的贫困境遇，不能不说是苦到了极端。于尾联，他爽朗而又幽默地表示：即使穷到这等地步，我也是堂堂正正地度过了一冬，试问清统治者，还能拿出什么高明的招数吗？这首短诗直抒胸臆，平易晓畅，在表达坚定意志时，语气斩钉截铁，铿锵有力。全诗鲜明地贯注了诗人不屈不挠、矢志不渝的战斗精神和坚定气节，自塑了嘲贫蔑死、傲骨铮铮的自我形象，给人一种不可抗拒的感染力。

至海滨道塘怀侍御王仲㧑[1]

四十年前曾过此，重来风景不同前。[2]

沿塘处处皆红叶，负笼家家采木棉。[3]

数夜月明田父饮，一庭菊艳野僧眠。

昔时游侣今何在，一睹陈踪便泫然。

（《南雷诗历》卷四）

注 释

[1]道塘：今属余姚马渚镇。王仲㧑：名正仲，河北保定人。顺治二年（1645）参与浙东义师的抗清斗争，鲁王授以兵部职方司主事，摄余姚县事，后升监察御史。卒于康熙丁未年（1667）八月十九日。黄宗羲有《王仲㧑墓表》专述其生平。　[2]四十年前：顺治二年鲁王政权初立，黄宗羲兄弟亲率世忠营，参与划江之役，王仲㧑以兵部职方司主事摄余姚县事。其时，总兵陈梧败于嘉兴，渡海至余姚，纵兵大掠，王仲㧑集民兵击杀之。朝中有人主张罢仲㧑以安诸营。黄宗羲认为，陈梧纵兵掠民即为贼，王仲㧑为国保民，何罪之有！上疏救之，乃止。守江时期，二人曾往来海滨。　[3]木棉：棉花。清初余姚

人民多种棉花。清戴建沐《修助海侯庙记》云"姚邑北乡沿海百四十余里，皆植木棉"。

赏　析

　　此诗作于康熙二十五年（1686）八九月间，时诗人再至海滨道塘，触景生情，回忆起了四十年前的抗清战友王仲撝。黄宗羲在《王仲撝墓表》中说："某与仲撝交二十余年，与之同事而无成，与之共学而未毕。"但诗人对当年二人共事抗清的陈踪不着具体一字，反而着意于眼前"不同前"的风景。中间两联描写当前和平安宁的海滨秋景：沿塘处处都是红叶，塘内种着一望无际的棉花，这是海滨之民经济收入的重要来源。棉花正吐出一朵朵白絮，好收成豁然在望，但见家家户户都有人背着笼子采集棉花。这种和平安宁的景象令人欣慰。诗人重来海滨数夜，与老农一起饮酒，在僧院欣赏艳菊。今日的安逸生活，使诗人更加追怀四十年前与亡友共同抗清的经历。

徐凤垣

徐凤垣（1614—1684），字掖青，世称霜皋先生，鄞县人。"鹤山七子"之一。曾入鲁王幕，浙东失守后持节自砺，毁家纾难。明亡后以遗民自居，清康熙十年（1671）与高宇泰创立梓乡耆旧社，并合辑《甬东正气录》。著有《负薪集》。

过东钱湖

风微帆易度，天阔水生波。

湖外农家少，村中野寺多。

春田鱼子跳，夏树雀儿歌。

一径斜阳外，寻鸥鼓棹过。

（《续甬上耆旧诗》卷三四）

赏　析

徐凤垣是明末清初甬上有名的遗民诗人，他在这首《过东钱湖》中用极为生动的笔触描绘了在东钱湖的见闻，也隐约寄托了自己的情志。春夏之交生机郁郁的东钱湖，风微水轻漾，一派欣和景象。中间二联一静一动，既点明东钱湖多佛寺的特质，又以鱼儿群跳与雀儿欢歌展现东钱湖的野趣。尾联诗人自叙行迹。在中国文化中，"狎鸥""盟鸥"用于比喻隐士恬淡自适，退居世外的精神追求，可见在这句诗中，徐凤垣的寻鸥之举也寄托了自己对隐逸人生的追求。

明　胡镇　跃鱼飞鸟图

张瑶芝

张瑶芝（1614—1684），字次瑛，号蓉屿，鄞县人。明朝名臣张邦奇后人。清顺治十三年（1656）太学拔贡，十八年（1661）授河南灵宝知县。后弃官归里。著有《野眺楼近草》《日新轩集》。

雪窦千丈岳看瀑

山以泉得名，雪岂山之液。

请君岳上观，是泉还是雪？

侧岭饶飞湍，一泻虞复竭。

独此砰硠声，日向空岩咽。[1]

奔涧若怒惊，归潭仍静悦。

愚者生怖心，攀枝叫奇绝。

幽人收视听，憬尔消内热。[2]

看泉如看岩，对雪穆如铁。[3]

（《续甬上耆旧诗》卷八三）

注 释

[1]砰礚:象声词,多用以形容巨大声响,此指瀑布水声。　[2]幽人:指幽居隐避山林的人。憬尔:觉悟的样子。内热:指因内心忧虑而感到烦躁闷热。　[3]穆:形容肃正沉静。

赏 析

全诗围绕雪窦山千丈岩观瀑展开。以"是泉还是雪"之问引入,表明在作者眼中,泻瀑似雪倾。紧接着诗人极力描摹瀑布之壮美,瀑布从高岩飞泻而下,发出巨大的撞击声,似雷鸣击鼓。由轰然壮烈而归于潭底的沉静,这是此诗中的第一组对比,以飞瀑之轰动与流向潭底的静悦形成对照。在第一组对比的基础上,诗人引申出第二组对比,愚者被飞瀑的奇景震慑而心生恐惧,惊叫连连;幽人却能够在飞瀑与巨响中收视反听,回归自我内心的平静,并在这般壮阔的景致下达到觉悟的境界,最终"看泉如看岩,对雪穆如铁"。无论是看泉看岩,还是观瀑如对雪,最终都如同一物,唯有内心沉静自适的哲人才能体会一二。全诗借观瀑而写哲理,诗人借观瀑的愚者与幽人两种不同反应,重在强调处变不惊、坚守自我的立世态度。

周　容

周容（1619—1679），字鄮山，一字茂三，又作茂山，号躄翁，鄞县人。明代诸生。明亡后，出家为僧，后返俗。清康熙十八年（1679）拒应博学鸿词科。著有《春酒堂诗存》《春酒堂文集》。

兰市诗

郡城东四十里为宝幢，依山聚族，居数千家。[1] 旬之二、七日，远近交百货为市。迩年来二月间，樵子各以兰集，叶影花香，百货几不胜焉。因作《兰市诗》。

芳兰亦入市，漂泊为谁来？

自惭招俗好，贻累及苍苔。[2]

鸡豚列市南，鱼蟹列市北。

生者各有声，默者各有色。

在山松叶绿，出山松叶黄。

慰我不为薪，本根同一伤。

寄语深山中，藏身须更远。

为嘱溪云白，常遮樵路断。[3]

（《春酒堂诗存》卷一）

注　释

[1] 宝幢：今属鄞州区五乡镇。　[2] 俗好：流俗之喜好。贻累：牵累。
[3] 樵路：砍柴人走的小路。

赏　析

　　兰花为四君子之一，以其空谷幽放、孤芳自赏成为中国古代文化中高洁品格的象征。在诗人笔下，原本于山野间自在绽放、高雅空灵的兰花却走入市场，成为商品，对此诗人是感伤的。借兰花因世俗之好牵累青苔而感到惭愧，是用兰花的口吻赞赏其品格。山上不惧风霜挺直孤立的松树，出山叶子也不由得变黄，正和兰花同一命运，诗人亦同情它们的遭遇，因而在诗篇的结尾表达了自己的祝愿，希望松、兰等植物能够藏在深山之中，并嘱托白云稍微遮挡一下樵路，不要让兰花轻易为人所发现。全诗写得深情款款，既表达了诗人对兰花的喜爱与怜惜，也寄托了诗人对如兰一样的高洁人格的向往与坚守。

宗 谊

宗谊（1619—1688），字在公，号正庵，安徽歙县人，侨居浙江鄞县。明末清初诗人。明清鼎革之际曾变卖家产助南明军抗清，鲁王召之，辞不赴。与陆披云、董晓山、叶天益、陆雪樵、范香谷、余生生七人结社讲学，吟游湖上，日相唱和，号称"湖上七子"。性好诗，晚年窘困，犹哦吟不衰，著有《南轩集》《南楼集》《萝岩集》《西村集》《疗饥集》，后合为《愚囊汇稿》。

登招宝山题石壁

女娲补天余，掷此东海道。[1]

伸舒若神龙，雄踞主群岛。

俯看势苍茫，悲来伤怀抱。

极目夕阳外，远山白如缟。[2]

顾此耿耿心，海风吹人老。[3]

（《愚囊汇稿》卷一）

注 释

[1] 女娲补天：传说上古时代，女娲曾炼五色石以补天的裂缝，截断鳌足以作为撑天的大柱。此处以此典故切合招宝山"鳌柱插天"之景。
[2] 缟：细白的生绢。　　[3] 耿耿：心中挂怀、不安之意。

赏 析

　　登高抒怀是古代诗歌创作的常见题材，宗谊此诗亦是借登招宝山的见闻抒情言志。首二联状写招宝山雄伟宏阔之象，可见登高观海之气势磅礴。暮色之下，远处的山脉若隐若现，像白缟一般。白色衣冠在古代有凶服之意，借指兵事，其中深意或有招宝山为海防要塞之故。在此处诗人难免想到兵事，触目又皆是苍茫山海景象，不由得感到伤怀。诗人为何伤怀？联系他抗清的事迹，或许是在为江山社稷而忧心不已。在"社稷之依赖"的招宝山上，诗人心中也不免忧心兵乱之下家国的未来，因而心中耿耿，吹尽海风也难以消散一二，可见沧桑难言之感。

张煌言

张煌言（1620—1664），字玄箸，号苍水，鄞县人。明崇祯十五年（1642）中举。南明鲁王监国，官至权兵部尚书，据守浙东山地及沿海一带。清康熙三年（1664），见大势已去，解散余部，隐居象山南田悬嶴，不久被俘，慷慨就义于杭州。著有《奇零草》等。传世诗文，后人辑为《张苍水全集》。

客有谈故园花事者感而有赋

故园春意满，花枝解照人。

驮笙还出郭，烧笋或呼邻。

此事真无价，吾行未有津。[1]

繁华岂不爱，天步属艰辛。[2]

（《张苍水全集·奇零草》）

注　释

[1]吾行：指自己抗清斗争的行程。　[2]天步：天之行步。这里指国运。

赏　析

　　此诗作于顺治十二年（1655）。前半首叙述故园花事。首联紧扣花来写，一"解"字，用拟人的笔法写出花枝盛放，似解人意。颔联紧扣事来写，可以想象郊外笙歌的热闹，以及热情淳朴的主人招呼四邻过来一起品尝所煮春笋的场景。这是客人向张煌言讲述的故园花事，让惯于海上征战的张煌言听得十分神往，然而这对他而言是一种奢望。后半篇诗人回到海上军旅生涯的现实。"津"字用义双关。"未有津"暗示了抗清斗争的长期性和艰苦性。作者既为自己不能参与故园的花事而遗憾，更为最后一句阐述"吾行"的目的和意义做出铺垫。尾联道出了他的价值观：虽然我也热爱繁华，向往和平，但眼前却是国运艰辛，只能割舍繁华之爱，牺牲小我，而投身于兴复国家的大业之中，从而升华了诗歌的主题。这里诗人将日常叙事与军旅叙事、和平元素与战争元素融合在一起，读来非常能打动人心。

清　佚名　张煌言像

潘访岳

潘访岳,生卒年不详,字师汝,鄞县人。明季诸生,以荐授国子学录。入清,不求仕进,放浪山水间,鬻画以自给。

游金峨寺[1]

深松微露短桥隈,屦齿参差印石苔。[2]

旧寺半山黄叶里,新僧几个白云来。[3]

满溪寒色幽寻去,急意秋风独往回。

落日犹余三四里,隔林啼鸟似相催。

(《续甬上耆旧诗》卷三〇)

注 释

[1]金峨寺:在宁波南郊金峨山之麓,即今鄞州区横溪镇金峨村山岙内,创建于唐朝大历元年(766),已有一千二百多年的历史。　[2]"屦齿"句:语出宋叶绍翁《游园不值》"应怜屦齿印苍苔,小扣柴扉久不开"。　[3]旧寺:金峨寺是明代以前的老寺,初名罗汉院。唐大历元年百丈怀海开基金峨。唐元和元年(806),怀海祖师的法孙罗汉彻禅师入主罗汉院,再扩寺院,庄严梵宇。后名声远扬,名僧辈出。

明洪武十五年（1382），皇帝诏册天下名寺古刹，将"金峨山真相禅院"更名为"金峨禅寺"。

赏　析

　　这首七律是潘访岳游览家乡名胜之作，重在描写去往寺庙的沿途之景。此诗的妙处在于从侧面烘托寺庙境界的新奇构思，尾联作结时说：夕阳西下了，离金峨寺还有三四里路呢，再贪恋沿途景色，恐怕天黑就找不到路了，对面树林里的啼鸟都在催促客人尽快赶路了。这一构思与杜甫《游龙门奉先寺》"已从招提游，更宿招提境"，以及韩愈《山石》的"黄昏到寺蝙蝠飞"的机杼截然不同。作者把对寺庙本身描写所用的笔墨都转移到对沿途风景的描摹上去了。这些沿途景象的多角度刻画，尤其是颔联和颈联，反将金峨寺高远深幽的境界给烘托了出来。这样的诗意安排已在首联的对句中做了暗示，作者改造了叶绍翁《游园不值》的首句，目的正是想表达他要游的金峨寺恐怕在他赶到时也会关门谢客了。

陆　宝

　　陆宝，生卒年不详，字敬身，一字青霞，号中条，鄞县人。明季贡生。藏书家，学者称"中条先生"。清兵入关，诸督师皆劝他入朝为官，不赴。隐居茅屋。入清，建"辟尘居"于鄞城月湖畔，以遗老自命，不问世事，以点校图书、赋诗度日。其藏书甚富，多异书秘本。藏书楼称"南轩"，和范氏"天一阁"、陆朝辅"四香居"合称鄞地藏书三大家。著有《霜镜》《辟尘》《悟香》等集。

育王道中[1]

船无十石重，装挈半肩行。[2]

眼底迷全绿，谈中见独清。[3]

新田蛙入夏，高树鹊分晴。

山色真吾友，云来隔水迎。

（《霜镜集》卷五）

王震　阿育王山图

注 释

[1]育王道中：赶往阿育王寺的途中。　[2]十石：一石为一百二十斤，十石即一千两百斤。装：行装。挈：携带，举起。　[3]独清：独自清绝。

赏 析

此诗描绘了去往阿育王寺（应是在当时鄞县五乡太白山麓华顶峰下的新寺）的一路山色和田舍风光，是一首典型的山水田园诗。从全诗内容来看，作者应是在春末的一天有人陪伴一路前行，随身带着轻装行李，安步当车，走完水路走陆路，整个旅程轻松欢快。这首诗不亚于唐王维名作《终南山》的意境。首联说他们乘坐了一条小船，靠岸后收拾轻便的行李扛在肩上，开始陆路行走。颔联写陆路上的春末之景。登上高处，见到的全是繁茂的嫩色草木，令人眼迷；与友交谈之中，穿行境界清绝的山水，感受到行人也心胸一洗，独自清绝了。颈联将蛙声和鹊语纳入诗中，热闹欢快。快入夏的水田里新插了秧苗，连着蛙声一片；田舍旁高树晴色，喜鹊鸣叫，报告客人的到来。尾联说，前来迎接客人的是出岫的白云。这五乡佛寺周围的山水，令人深觉清新，沉浸其中。

李邺嗣

李邺嗣(1622—1680),原名文胤,以字行,号杲堂,浙江鄞县人。明诸生。入清,弃巾服,日以著书为务。沈德潜谓其"诗品刊落凡庸,不肯一语犹人,浙人中独开生面者"。黄宗羲称其诗胸中流出,无比拟皮毛之习,盖破除王、李、钟、谭之窠臼而毅然自为者也。有《笑读斋集》《杲堂文钞》《杲堂诗钞》等,又辑《甬上耆旧诗》。

鄮东竹枝词(其三十一)

此地陶公有钓矶,湖山漠漠鹭群飞。[1]

渔翁网得鲜鳞去,不管人间吴越非。[2]

(乾隆《鄞县志》卷二九)

注 释

[1] 钓矶:相传为范蠡钓鱼的小山。陶公山,位于东钱湖湖心,远眺似伏牛饮湖,又称伏牛山。相传越大夫范蠡功成身退后,便偕西施隐居垂钓于此。 [2] 吴越非:指春秋时期的吴越二国争霸旧事。此句作者自注"湖上有陶公山"。

赏 析

相传此陶公山为越国大夫范蠡归隐后钓鱼之所。范蠡在助越国灭吴后功成身退，自号"陶朱公"。因此历史典故，诗人来到陶公山时不由得想起春秋时期吴国、越国争霸的史实。只不过此地湖山景色优美，群鹭振翅飞过，是那样的悠闲自在。又有渔翁于湖上捕获，满载而归，欣喜可见。湖光山色，各得其所，诗人沉醉其中，不由得感叹当此美景，何必管旧日的纷争，好好欣赏才不会辜负眼前美景，借此诗人隐约表达了应当及时行乐的人生感悟，也可见诗人对战乱的排斥。

沈士颖

沈士颖（1623—1652），字心石，一字哲先，鄞县人。明末诸生。明亡后以遗民自居，放浪诗酒，屡下狱而不屈。"西湖八子""鹪林七子"成员。著有《吟社诗稿》《溉鹥集》等。

入天童山二首（其一）

昔与山相约，经今债未偿。

鸟原知客性，秋不厌松香。

远树烟能古，柴门草易荒。

无言闲自对，明月照僧床。

（《续甬上耆旧诗》卷三七）

赏 析

诗从践约写起，诗人说自己旧日与天童山有约，故而今来"偿债"，是写登山之因。中二联写入山见闻。山中的鸟儿原来就知道客人的性情，虽不明言情绪，但仍可见诗人与山鸟的"相知相得"，想来诗人的心情当很惬意。秋风送来松树的清香，令人心旷神怡。远远望去，烟雾笼罩着密林，悠远而宁静。柴门陋居易生杂草，可见此处人迹罕至。但诗人对这样的荒芜之景与简陋生活不以为意，明月来相照已足矣，由僧床也可知诗人应该是寄宿在天童寺中。全诗没有用艰深的语言与典故，仅以直笔写见闻与感受其中却又表达了诗人赴天童山之约的安宁心境。

清　吴滔　太白游踪

林时对

林时对（1623—1664），字殿飔，世称茧庵先生，鄞县人。明崇祯庚辰（1640）进士。鲁王监国时，历官至副都御史。性恬淡，后归里，著述为生，终身不仕清朝。有《留补堂集》《茧庵逸史》《荷牗丛谈》等。

望郡城十忆（其一）[1]

海国春来生计饶，桃花渡口满鱼舠。[2]
赛神日日喧鼍鼓，醉客家家理凤箫。[3]
嫩蛤肥蛏朝列肆，冰鳍雪鲫夜归潮。[4]
只今风景浑非昨，那得莼鲈慰寂寥？[5]

（《续甬上耆旧诗》卷三五）

注 释

[1]郡城：指宁波城。　[2]鱼舠：一种形体较小的渔船。　[3]鼍鼓：用鼍皮制成的鼓。凤箫：相传秦穆公之女弄玉，吹箫引凤，随之而去，后遂以凤箫泛指箫或排箫。　[4]鲫：一种身体侧扁，腹部有硬刺的常见鱼类。　[5]莼鲈：莼鲈之思，用张翰典，指思乡。

赏 析

　　在此诗中，诗人记录了印象中繁华的宁波港口。春季渔获，满载而归的鱼舠挤满渡口，随之而来的，是生意兴旺的鱼市，是品尝到新鲜海货的醉客们。春日赛神为古俗，是人们祈求土地神，期盼丰收的活动，"日日""家家"写尽此时的盛况，也洋溢着欢喜。诗人极力描摹鱼市上货物种类繁多，有蛤蜊、蛏子、鳓鱼等，可见丰收。最后一联诗人转到诗题中的"忆"字上，今日所见却不同往昔，旧日繁荣早已不复存在，今昔对比何其显著，因而诗人心中不免感到惆怅寂寥，感慨何来莼鲈一慰乡思之情呢？诗中最后一个问句道尽无限愁思。全诗前后情绪对比强烈，前半的欢喜热闹更衬托出结尾的无限伤怀。

清　聂璜　海错图之鳓鱼（局部）

范光阳

范光阳（1630—1705），字国雯，号笔山，世称笔山先生，鄞县人。为黄宗羲甬上证人书院弟子。清康熙二十七年（1688）会元，授庶吉士。历任户、兵两部主事。康熙三十四年（1695）出知福建延平府。著有《双云堂集》。

泛东湖

波添秋雨二十里，村隐夕阳几百家。

当事城居忘水利，野人虾菜作生涯。[1]

肯除积葑为高岸，更插夭桃映晚霞。[2]

便与六桥相伯仲，西湖虽好未须夸。[3]

（《双云堂诗稿》卷五）

注　释

[1]当事：当政者。　[2]积葑：苏轼疏浚杭州西湖时，曾积葑草为堤。
[3]六桥：即杭州西湖苏堤六桥。

赏 析

  此诗为诗人范光阳泛舟东钱湖上的见闻与感受。秋高气爽，正是湖上赏景的好时节。不过诗中所述，并非只有赏景。在东钱湖的美景外，他也关注到了此地居民生活的贫苦，认为这是当政者的尸位素餐造成的。城里的官员无视城外民众的生活，导致此地人民只能自给自足以水产为食，东钱湖的水利工程也没有得到重视，故而民众生活越发艰难。诗人借苏轼于西湖积葑为堤的往事，有讽刺当政者的意味在内。若是此地能够得到重视修整，种满桃花，未必会比西湖差。诗人借此感慨，一是表达对东钱湖景色的肯定，另一方面仍是在指责当政者的不作为，体现出范光阳关心民瘼的儒士胸怀。

张士培

张士培（1631—1688），字天因，鄞县人。以《易经》补县学生。屡试不第，佐其父货殖，不数年而致富。后为黄宗羲甬上证人书院弟子。在西郊建有墨庄别业，为黄宗羲讲学之地，故名"黄过草堂"。诗与其弟士堹齐名，著有《黄过草堂集》。

同友人游它山（其一）

藤萝苍翠拂平沙，湍急它山落晚霞。[1]

半晷晴晖移柳色，一湾春水涨桃花。[2]

磬传隔岸知僧舍，烟起前村认酒家。[3]

古木远随溪径曲，携筐儿女采新茶。

（《续甬上耆旧诗》卷九七）

注 释

[1]平沙：广阔的沙原。 [2]半晷：日晷的一半，即半日。 [3]磬：僧侣所用的打击乐器，形状似钵，多为铜制。

赏　析

　　张士培此诗写与友人同游它山的见闻。此诗如画，直将它山的壮美呈现于读者眼前。从"藤萝苍翠拂平沙"到"一湾春水涨桃花"四句，写尽它山的春日盛景。青葱绿意，花光耀眼，诗人眼见这般美景，如何不心生怜爱。第三联由景及人，写它山的人文，磬声远播至耳旁，所以知晓隔岸有僧寺；炊烟袅袅升起，所以知道前方有酒家，虽未正面写人文，但已可见此处的人间烟火气息浓厚，而且颇有生活安定之感。最后一联，视角再度向远方推去，苍翠古朴的树木沿着溪流的方向排去，抬眼一望，正是采新茶归来的人儿，留给读者一个满载而归、其乐融融的影像，虽不见情语，实已满含欣喜之情。由此诗，读者也可获知它山居民的生活日常，感受其间的辛劳与温馨。

周志嘉

周志嘉（1632—？），字殷靖，号嵩庵，晚年又号蜗庐老人，鄞县人。晚年徙居鄞江光溪，一生布衣，以遗民终。著有《西村草堂集》。

石塘市[1]

细雨迟山市，乡邻拉伴行。

鱼虾衣角裹，鹅鸭担头鸣。

白酒喧茅店，红妆纳竹籯。

亲朋大都在，街口竞呼名。

（《续甬上耆旧诗》卷六六）

注 释

[1]石塘：即今宁波市鄞州区高桥镇石塘村。

清　杨大章　渔乐图

赏　析

　　周志嘉此诗记录了清朝时期石塘市的繁荣景象。诗人雨中徐行于街市上，周围也都是结伴而行的乡邻们。衣角裹住的鱼虾和担头上的鹅鸭，既展现了宁波的饮食习惯，也衬托出街市上的热闹。第三联分别用白酒与红妆指代男性和女性，展现了街市上人们的活泛与自在。最后一联用略带戏谑的口吻，既表现了诗人内心的小小惊讶，也反映出此地民众的淳朴自然，更可见诗人身处其中的快乐自在。此诗呈现出的石塘市这个综合性市场的面貌，不只贩卖食物，也有日常用品，甚至酒肆林立，从侧面表明了此地过去经济较为发达。

方桑者

方桑者，生卒年不详，鄞县人。累困场屋，以授徒为生。清康熙五十七年（1718）年已五十余，编成《桑者新词》二卷。后游广州，旋卒。

沁园春　从小白岭进游天童[1]

水尽山临，溪岸岭高，路曲西东。看婆娑老树，云穿鸟过，得枝横当，午日朦胧。踏破芒鞋，喘残气息，未尽周回十里松。小天地，在四回山锁，八面玲珑。　　雯间太白重重。听钟声、杳霭梵王宫。[2]数僧家院宇，蜂房水窝，四千八万，户户相通。[3]秀竹奇花，山肴野蔌，享不完、世外情浓。[4]难归去，向烟尘旧路，白发蓬松。

（《全清词·顺康卷》）

注　释

[1]小白岭：又称少白岭，旧称"铁蛇关"，天童三关（铁蛇关、万松

关、清关）之第一关。　[2]杳霭：幽深渺茫的样子。梵王宫：大梵天王的宫殿，这里指天童寺。　[3]蜂房水窝：蜜蜂的巢和水的漩涡，比喻宫殿楼台的布局曲折回旋。语出杜牧《阿房宫赋》"蜂房水涡，矗不知其几千万落"。四千八万：即八万四千，形容数目很多，佛经习用此语来说数目之多。　[4]山肴野蔌：山中的野味和蔬菜。语出欧阳修《醉翁亭记》"山肴野蔌，杂然而前陈者，太守宴也"。

赏　析

　　此词有意模仿辛弃疾《沁园春·灵山齐庵赋》，但变雄健为雅秀。词人从小白岭地势着笔，进而描绘山中树木、禽鸟。直到他筋疲力尽，也没能走出眼前的十里松林，可见山道之周折。下片接近目的地，未见寺庙，先闻寺钟。稍后看到寺中楼宇，户户相通，如同佛国的八万四千塔，恢宏壮丽。此句除了借鉴杜牧《阿房宫赋》，可能还化用了黄庭坚"蜂房各自开户牖"。天童寺中花竹扶疏，素斋鲜美，作者顿觉方外世界无限美好。再回首满目烟尘的碌碌尘世以及衰朽的自己，不忍遽然归去。

郑 梁

郑梁(1637—1713),字禹梅,又字百祥,初号香眉,又号踽庵,后号寒村,别号半人,晚年改名风,自号风人,慈溪半浦(今为宁波市江北区慈城镇半浦村)人。少力学不倦,长从黄宗羲学。清康熙二十七年(1688)进士,官广东高州知府。能诗,工行草书,擅画山水,善治印。为甬上讲经会、甬上证人书院的重要发起者与组织者之一。著有《寒村诗文集》。

黄过草堂晚眺 [1]

绿阴几树小楼前,晚霁风光最可怜。[2]

新水一声鱼已没,青天万里月初圆。[3]

十年踪迹人将老,顷刻胸怀句欲仙。

隔岸藤瓜如会意,疏花微笑落萤边。

(《寒村诗文选·五丁诗稿》卷三)

注 释

[1]黄过草堂:即张氏西郊草堂,因黄宗羲曾过此讲学而名"黄过"。
[2]晚霁:傍晚雪止或雨停,天气转晴。　[3]新水:春水。

赏　析

　　此诗为诗人在黄过草堂晚眺所作。黄过草堂是张士培、张有斯父子在甬城西郊的别业。在郑梁笔下,绿树掩映着这座小楼,傍晚天气转晴后诗人心情也为之一变。春水间的鱼儿跃起又沉潜,很是活泼,晴朗的夜空中挂着一轮圆月。在这样宁和可爱的景色中,诗人心生感慨,感慨自己过去的岁月与经历,感慨时间太快自己不知不觉已经老之将至。好在这傍晚的美景洗涤了心灵,面对如斯景色,他不由得诗兴大发。就连隔岸的藤瓜也好像知会诗人的心意,落下一朵小花在萤光边。最后两句借用了《五灯会元》中"世尊在灵山会上,拈花示众,是时众皆默然,唯迦叶尊者破颜微笑"典故,可见诗人此时心境澄明开阔。

李　暾

　　李暾（1661—1735），字寅伯，一字东门，鄞县人。李邺嗣之子，太学生。黄宗羲誉其诗"是能独开生面者"。负才任气，性好游。万承勋曰："东门本用世之才，遭时不遇，以致拓落江湖，放弃诗酒，然其潇洒跌宕，要足以自豪矣。"与同郡万承勋、郑性、谢绪章号为四友，合著有《四明四友诗》，著有《松梧阁集》。

桑洲道中口占[1]

无处不花香，无田不麦黄。

鸟啼枝上晚，人过岭头忙。

（《松梧阁三集》）

注　释
[1]桑洲：即今宁海县桑洲镇。

赏　析
　　此诗所写为诗人在桑洲路上所见丰收时节的农忙景象。首二句用两个双重否定句表示肯定，诗人所闻到处都是花香，所见到处皆是麦子已熟。鸟儿在枝头上叽叽喳喳欢快啼叫,仿佛是在提醒人们天色已晚,该回家啦!与此相承接的,是岭头上依旧忙碌的农人身影。诗人虽没有直白抒情,但从全诗的笔调,可以想见诗人看到这样丰收忙碌的景象,心中也是替百姓们高兴不已。这首诗也反映出了清代宁波地区的小麦种植情况。

清　华嵒　高枝好鸟图(局部)

谢秀岚

谢秀岚（1695—？），字南铭，号雪渔，余姚泗门人。幼承家学，博览群文，郡庠生。后弃科考而致力于诗，与陈梓、汪鉴、景辉等人唱和相交。著有《雪渔小草》《雪船吟》。

周行杂咏（其五）[1]

汪梅津制《周行竹枝词》十一章，景秋崖和之，音调古雅，允称劲敌。[2]余未敢附后尘也，改题杂咏，兼两公而写之。盖梅津亦周行之寓贤云尔。

五里湾湾曲曲溪，绿杨沿岸夕曛微。[3]

嬔人一阵腥风过，鸭嘴蝉联晒网归。[4]

（《姚江诗录》卷一）

注　释

[1]周行：即周巷。明代时为"仁风里"，位于慈溪市西部，原属余姚。北宋时有周姓移民定居于此，渐成规模，故称。后陈梓改"巷"为"行"。
[2]汪梅津：即汪鉴。景秋崖：即景辉。　[3]曲曲溪：作者自注"俗名半夜港"。　[4]嬔人：纠缠于人。鸭嘴：作者自注"船名"。

赏 析

  《周行杂咏》为咏周巷风土之作。此诗描绘的是周巷的渔港景象。曲曲溪笼罩在夕照柳色中,是那么祥和美好,沿岸风光让诗人心旷神怡。忽然间袭来一阵腥风,萦绕于鼻间,原来是捕鱼归来的排列整齐的渔船上正晒着渔网,腥味正是从此而来。这首诗通过"腥风""鸭嘴""晒网"点明所描绘的对象为渔港。诗中既描写了曲曲溪秀丽的自然风光,也刻画了此地的人文与生活气息,从侧面反映了此处的渔业盛况。

全祖望

  全祖望(1705—1755），字绍衣，号谢山，小名补，自署鲒埼亭长、双韭氏、双韭山民、孤山社小泉翁，世称谢山先生，鄞县沙港口（今宁波市海曙区洞桥镇）人。著名史学家、文学家，浙东学派集大成者，有"布衣太史"之誉。清雍正七年（1729）以选贡入京。乾隆元年（1736）进授翰林院庶吉士。为方苞、李绂等学者所重。后辞官以著述授徒为志，先后任蕺山书院、端溪书院山长。著有《鲒埼亭集》《困学纪闻三笺》《七校水经注》《续甬上耆旧诗》《经史问答》《读易别录》《汉书地理志稽疑》《古今通史年表》等。

东钱湖食白杨梅（其二）

赤熛怒结火珠林，沉紫嫣红满翠岑。[1]

傲骨不随时令转，缟衣独立矢贞心。[2]

（《句余土音》卷上）

注　释

[1]赤熛怒：古代谶纬家所谓五帝之一，为南方之神，司夏天，也称"赤帝"。　[2]缟衣：即缟衣，洁白的衣服。

赏　析

　　杨梅是浙江重要的时令物产，成熟时多绛紫色，而东钱湖的白杨梅更为特别。这首诗前二句描绘了夏季杨梅结果遍山野的场景。用"赤熛怒"典故指代时节，以"火珠"形容杨梅挂果时的形态，"沉紫"句正是山上杨梅结果时色彩缤纷的壮景。后二句则将笔墨凝聚于白杨梅之上，"缟衣独立"既是紧扣杨梅之白，又仿佛塑造了一位白衣飘飘独立于世间的仙子形象，"矢贞心"更是对这种秉持气节的傲骨的赞赏，将白杨梅上升到气节品格的高度。

清　蒋廷锡　杨梅练鹊图（局部）

黄 璋

黄璋（1728—1803），字稚圭，号华陔，晚号大俞居士，余姚人。黄宗羲玄孙。清乾隆二十一年（1756）举人，授嘉善教谕，迁知江苏沭阳县。后弃官归里，著述不辍。著有《大俞山房诗稿》。

甬江夜泊

木叶萧疏满郭流，甬东城畔偶勾留。[1]

涛声夜壮三江口，月色寒侵两岸楼。[2]

欸乃渔歌时唱晚，旌旗巨舶独摇秋。[3]

重来已是三生梦，吊往惊离无限愁。[4]

（《大俞山房诗稿·春树集》）

注 释

[1]满郭流：动词"流"的主语乃诗题中的"甬江"。甬东：一般指舟山，但此指甬江东的宁波城。勾留：短时间停留。 [2]三江口：姚江和奉化江在老外滩合流为甬江，这三条江交汇处称宁波三江口。此处为最早的宁波港，历史上百舟靠泊，非常繁荣。 [3]摇秋：在秋风中摇动。 [4]三生：佛教术语，前生、今生、来生的合称。吊往惊离：凭吊往事，惊叹离合。

清　任伯年　东津话别图

赏　析

　　黄璋在一个深秋时节第二次乘船至甬，写下惊叹景物和人事变化的诗章。全诗说，他是偶然又来甬停留的，眼前是满郭江波，落木萧萧。三江口夜潮声声，夹岸楼立，寒月茫茫。大江之上，既有渔舟唱晚，又有巨舶摇浪，渔事和商业一片繁忙。逗留期间，作者应是见到了当年的老朋友，问及近况，但得到的回答让他"吊往惊离"，恍如隔世。黄璋过后，到了清中叶，籍贯江苏扬州的名宦阮元也来到宁波，写下了一首同题的五律。虽然身份与诗旨均不同，但其"荒江正起潮""衣轻欲试貂"的诗句与黄诗颔联的"涛声夜壮三江口，月色寒侵两岸楼"也算是同声相应、同气相求了。

钱维乔

钱维乔（1739—1806），字树参、季木，小字阿逾，号曙川，又号竹初、半园、半竺道人、半园逸叟、林栖居士等，江苏武进（今江苏常州）人。乾隆二十七年（1762）举人，任遂昌知县、鄞县知县。乾隆五十二年（1787），邀钱大昕一起合修乾隆《鄞县志》。著有《竹初诗钞》十六卷等。

泊丈亭[1]

夜雨帆初落，朝凉衣渐轻。[2]

潮痕依草上，山势入烟横。

小市闻鸡唤，遥田对犊耕。

秋风亦吾意，一宿见人情。

（《竹初诗钞》卷一三）

注 释

[1]丈亭：指今丈亭镇（民国时始置），在今浙江余姚东部偏北。 [2]衣渐轻：（因天凉而）渐渐觉得所穿的衣服单薄了。

赏　析

　　钱维乔于乾隆四十七年（1782）五月到宁波府鄞县任知县，一干就是七年。这首《泊丈亭》是他于一个秋天途经当时的慈溪县丈亭泊船于此地过夜而写下的，诗中关注了这一带水路的地理环境和周边的风土人情。颈联的"小市闻鸡唤，遥田对犊耕"特别值得一提，说的是丈亭这里已经形成了小型集市，周围一带是大片农田；市上能听见鸡鸣声，田里有牛耕田的情况。这首诗展现了他作为知县，十分注重勤政，走访时关心农商情况，显示了他为官的素质。

邵晋涵

邵晋涵（1743—1796），字与桐，号二云，又号南江，浙江余姚人。清代著名学者，史学家、经学家、诗人。乾隆三十年（1765）举人。乾隆三十六年（1771）进士。乾隆三十八年（1773），清廷开四库全书馆，任纂修官，主持《四库全书·史部》的编撰。翌年授翰林院编修。历充咸安宫总裁，《万寿盛典》、《八旗通志》、三通馆和国史馆纂修官，又为国史馆提调。

姚江棹歌一百首（其十九）

渺渺平江织鸟飞，柔桑叶白柘阴肥。[1]

春寒蚕种三眠后，夹岸人家掩竹扉。[2]

（《南江诗钞》卷一）

注　释

[1]织鸟：即戴胜鸟。柘：落叶小乔木，树皮灰褐色，有长刺，叶子卵形或倒卵形，可以喂蚕。　　[2]蚕种三眠：即三眠蚕，幼虫期眠三次结茧化蛹。掩竹扉：（蚕农）关上用竹子做的门。蚕在眠期对外来的各种干扰抵抗力较弱，包括惊动、光照、风力、温度等，故蚕农要关上屋子的门加以保护。

清　佚名　耕织图

赏　析

　　邵晋涵对家乡的风土人情十分关注并喜爱，写下了《姚江棹歌一百首》。这里选的第十九首写的是当地蚕农养蚕的情况，诗中的描写说明作者对蚕事十分了解。平静的姚江两岸一片广阔，戴胜鸟穿梭于桑树和柘树的嫩叶之间。料峭的春寒中，三眠蚕蜕皮前不食不动，其状如眠，养蚕人家都把屋门严严实实地关上了。

叶锡凤

叶锡凤（1744—1814），字英麒，一字岐鸣，号珠渊，浙江慈溪人。国学生。著有《瓯游草》《珠渊诗稿》《磨兜坚斋诗集》。

杜湖春日 [1]

竭来乘兴步芳滨，短草茸茸软作茵。[2]

远岫雨余山染黛，平湖风起水翻银。

野花冷澹都如我，小燕呢喃似骂人。

惭愧年年堤上过，良苗是处已怀新。[3]

（光绪《慈溪县志》卷八）

注 释

[1]杜湖：古称杜若湖，在今慈溪市观海卫镇，是慈溪第一大湖。
[2]竭来：即去来，偏义复词，犹言来。　[3]怀新：指禾苗孕育着谷穗，形容田野中的庄稼生机盎然。语出东晋诗人陶渊明的《癸卯岁始春怀古田舍（其二）》"平畴交远风，良苗亦怀新"。

赏　析

　　这是一首描写慈溪杜湖的山水诗，同时也是一首自警诗。作者叶锡凤吟咏杜湖春日的风光，面对家乡美丽的春天深有所悟。春日杜湖，碧草茵茵。作者乘兴来游，情不自禁，秉笔描画那美不胜收的湖山，前四句就表达了这样的观感。与前四句相比，我们看到作者在后四句陡然笔锋一转，喜而生叹，隐约感觉到春光美甚，良苗怀新，自己却因虚度年华碌碌无为而颇感惭愧。作者因见春光而自警，启发自己暗下决心，像良苗在春天怀新那样，让自己美好的人生也要开出美丽花朵。

叶声闻

叶声闻(1748—1804),字镜炎,号艾庵,又号守瓶,慈溪鸣鹤人。乾隆廪生。精擅诗词古文,长于史学,又工书。著有《守瓶斋诗稿》《吾山集》等。

白湖竹枝词(其七)[1]

三更姑恶苇边啼,两岸茅居竹作篱。[2]

梅子熟时看播谷,楝花开后听缫丝。[3]

(《叶声闻诗集》卷三)

注 释

[1]白湖:即白洋湖,在今慈溪市观海卫镇鸣鹤西南部。 [2]姑恶:鸟名。叫声似"姑恶",故称。也叫苦恶鸟、白胸秧鸟。 [3]播谷:播种水稻这样的谷物。缫丝:煮茧抽丝。缫丝过程中会有一种特殊的嗡嗡声。

赏 析

叶声闻是一位慈溪乡贤,他这首诗写当地初夏时节的农村和农事，体现了作者对家乡生活的熟悉和对农民的关注。头两句写水乡村居的环境和特色。姑恶鸟夜间在芦苇荡里啼叫，岸边是农家参差的茅草房，门前的竹林新笋多而密，简直都可以视作篱笆了。后二句写农事。这个季节正是杨梅成熟、楝树开花的时候，农民们已在田间播种稻谷，在家里煮茧抽丝。后二句写出了是慈溪乃至浙江农村在这个时节的劳动生活。

清　董邦达　芦汀泛月图（局部）

叶元堃

叶元堃（1785—1833），字后安，号铁仙，浙江慈溪人。道光十二年（1832）以助赈赐举人。著有《铁仙随笔》《小绿天居诗稿》。

杜湖晚眺

天光连水水连天，四面长堤倚水边。

桥脚绿翻三月涨，峰腰青束一溪烟。[1]

斜阳影里樵人路，古渡村前渔父船。

莫漫匆匆便归去，莺花如镜满平田。[2]

（光绪《慈溪县志》卷八）

注 释

[1]三月涨：农历三月的春汛。形容波平浪静的湖面。

[2]莺花：莺啼花开，泛指春色。平田：

赏 析

叶元堃的这首《杜湖晚眺》七律与其兄叶元垲写杜湖的七律同题，而且同韵。这是他们兄弟二人作为白湖诗社成员参加题咏活动留下的佳作。这首七律中间两联极富特色。颔联使用"脚"和"腰"的拟人修辞格描写桥和山,已经深蕴情调,再加上用"三月涨"来洗脚,用"一溪烟"来束腰,这种特有的想象显得那么美丽、风趣、轻盈。颈联是两个无动词句,灵巧地勾勒出两幅悠然的画面,歌颂的是樵夫和渔父的劳动,体现了诗人对乡村朴实生活的热爱,十分难得。同时,尾联对句也很好。为了押韵,使用了倒装句,实际是"平田如镜满莺花"的意思。其实不仅仅是押韵,这种倒装还具有奇趣的艺术效果。杜甫《秋兴八首(其八)》有"香稻啄余鹦鹉粒,碧梧栖老凤凰枝",两者为同类句法。

叶元堦

叶元堦（1804—1840），字心水，号仲兰，又号赤堇山人，慈溪鸣鹤人。有别墅在甬上月湖畔。曾主盟白湖诗社。道光八年（1828），与姚燮、厉志等人成立枕湖诗社。著有《赤堇遗稿》《杜诗说》《梦花楼未删稿》。

甬上渔词

灵桥门外水如烟，杏子黄时到海船。

江面夕阳人影乱，一肩春雨卖冰鲜。[1]

（《梦花楼未删稿》）

注　释

[1] 冰鲜：指黄鱼。朱文治《绕竹山房续诗稿》卷七《消寒竹枝词》自注云"黄鱼俗呼冰鲜，盛行于夏初"。

赏　析

叶元堦这首《甬上渔词》，以宁波的市俗为歌咏对象，富有浓郁的海洋文化气息。首二句描绘了渔船到港的季节特征：在这水烟飘荡、杏子呈黄的时节，海船缓缓到港。后两句写买卖兴隆的场景：江面夕照下，卖鱼者、买鱼者人影散乱，即便是在淅沥的春雨中，还时不时传来叫卖冰鲜（黄鱼）的市声，而冰鲜正是渔货市场上的绝对主角。全诗寥寥几笔，简直是一幅灵桥门外的市俗速写画。作者深深陶醉的，乃是渔港的别样风情。

明　周臣（传）　渔村图（局部）

姚 燮

姚燮(1805—1864),字梅伯,号复庄,又号大梅山民等,镇海崇邱(今属宁波市北仑区)人。道光八年(1828),与朋友结枕湖诗社。道光十四年(1834)中举。鸦片战争爆发后,全家颠沛流离,后终岁奔走于甬、杭、苏、沪等地。咸丰年间,曾两度客居象山,与友人组织红犀馆诗社,任诗社祭酒。卒葬小港剡岙泗洲寺后。工诗词、骈文,尤精于画墨梅。著有《复庄诗问》《复庄骈俪文榷》《疏影楼词》等。

西 坝[1]

津北津南擂巡鼓,三两残鸦不成伍。
鸦背霏霏过山雨,山翠荒寒弄秋妩。
水平天旷无客帆,戍旗微赭云微蓝。[2]
海东早月横疏柳,如此关河柳未堪。[3]
我舟窄篷如矮檐,斜钩一尺芦花帘。
拂帘袂影柳同瘦,那有心情歌采蘋。[4]
几声暗角远潮送,千里空江独梦淹。

昔年美人卖春酒，青蛤红鲻媵初韭。[5]

市垣蘼芜黄可怜，乞妇当门坐烹狗。

我行迢递东入河，剩树明花吹晚波。

凉光阔甚知何著，四潊烟声断蟀多。

（《复庄诗问》卷二三）

注　释

[1]西坝：姚江北岸，现为宁波市鄞州区高桥镇大西坝村。　[2]戍旗：军队驻防的旗子。　[3]"如此"句：化用金城柳典故。《世说新语》："桓公北征经金城，见前为琅邪时种柳，皆已十围，慨然曰：'木犹如此，人何以堪。'"　[4]薄：水苔，可食用。　[5]红鲻：鱼类。中国沿海均产，粤人称为"子鱼"。媵：陪送，这里引申为搭配。

赏　析

　　西坝在姚江北岸，前八句描写姚江景物，经过秋雨洗礼，略显凄冷。七、八句化用金城柳典故，暗示"物是人非"的主旨。乌篷船窗口窄小，经过西坝时作者特地挂上帘钩，显然有所期待。可是一闪而过的人影单薄消瘦，完全不是记忆中的样子。角声伴着潮声远去，舟中人逐渐沉湎于往昔梦境。他想起早年的西坝有美人春酒、美味时鲜，而眼前市井萧索，只剩下枯黄的蘼芜摇曳在短墙边。当垆沽酒的美人不知何处，取而代之的是饥不择食的乞妇。按《姚梅伯年谱简编》，道光二十一年（1841）英人侵入宁波港，姚燮举家流离于姚江各镇，其中便有西坝。诗中春韭化为蘼芜，美人化为乞妇，不只因为"回忆滤镜"，还隐藏着沉重的历史背景。

清　姚燮　三寿作朋图

施 烺

施烺,生卒年不详,字蔗溪,浙江余姚人。道光时诸生。著有《且过居诗集》。

白湖塘上[1]

三面岚光映夕曛,一塘横亘水沄沄。[2]

白芦堤畔鸦千点,红树洲边鹭几群。[3]

晚渡渔舟双桨月,下山樵担一肩云。

金仙寺与湖头庙,秋色年年各半分。[4]

(《两浙𫐉轩续录补遗》卷五)

注 释

[1]白湖塘:即白湖。 [2]沄沄:水流动的样子。 [3]红树:秋天叶子变红的乔木。 [4]金仙寺:始建于南朝梁大同年间,今天的金仙寺为1989—1999年复修。湖头庙:在白洋湖畔。

赏　析

　　作为乡贤，施烺吟咏家乡白湖的这首七律堪称典范之作。诗人选择了秋日黄昏这一视角来写白湖景色之美，渲染恬淡浑然的意境，显示了自己的才情。一湖浑含，波流涌动，山岚远依，斜阳晚照。群群乌鸦归来，点缀在白色的芦苇花间；鹭鸟则在洲边红色的树林里聚集。樵夫荷担下山，渔舟归桨临渡。两座静谧的寺庙映着黄昏的湖光。其中颈联尤为精妙。"双桨月"和"一肩云"的搭配十分新颖，极有诗意。此外，"晚渡"对"下山"也很有意思。"晚"作动词使用，意为很晚才到（渡口），月亮已经在双桨的影子中升出湖面了，这比"渡头余落日"（王维《辋川闲居赠裴秀才迪》语）又进了一步。这些景色在诗人的笔下保留至今，让我们仍然感受到当时白湖的风貌，可谓涵泳不尽。

徐时栋

　　徐时栋（1814—1873），字定宇，一字同叔，号淡溥、淡斋，别号西湖外史，又号柳泉，浙江鄞县人。学者、藏书家。道光二十六年（1846）举人，两赴会试不第即不复应试，后以输饷授内阁中书。同治七年（1868）主持鄞志局，成《鄞县志》。曾主持四明文坛三十余年，以经学解释经书。勤学博览，校勘文献甚多，校刻宋元《四明六志》，著有《烟屿楼文集》《烟屿楼诗集》《四明六志校勘记》等。

舟行小江湖[1]

过雨轻云夕照天，人家次第起炊烟。

满湖秋水两堤树，无数蜻蜓飞上船。

（《烟屿楼诗集》卷一八）

注　释

[1] 小江湖：当为今宁波市海曙区鄞江镇的它山堰。

赏　析

　　这首七绝是乡贤徐时栋于一个秋日黄昏在宁波著名的水利工程它山堰泛舟时写下的，反映了诗人欣赏名堰美景的恬淡心情。第二句"人家次第起炊烟"，不仅意境优美，还暗示了鄞江镇一带人民丰衣足食的安然生活。这种富庶生活当然是像王元暐这样的一心为民造福的县令成就的。雨季水漫过它山堰进入其他河流排水，旱季则借南塘水灌溉农田。今天我们读到这首诗时还发现，除了实用价值，它山堰还是一道供人欣赏的美景。

冈千仞

冈千仞（1833—1914），字振衣，号鹿门，原日本仙台藩士，汉学家。精通汉学与西学，明治维新后，曾任修史馆编修官、东京府书籍馆干事等职。后因对藩阀专制不满而辞官办塾，名绥猷堂，前后有"弟子三千"。志向高远，性情豪放，为人耿直，平生尤其好论时事。为黄遵宪《日本杂事诗》校评过诗稿，拾遗补阙。清光绪十年（1884），来华游历一年，行程万里，会见官员文士，如李鸿章、张之洞、盛宣怀、李慈铭、俞樾等人。对当时世界局势深有认识，极力主张中国变法图强。著有《观光游草》《尊攘纪事》《米利坚志》《法兰西志》等。

登宁波天峰塔[1]

何处登临阔客愁，距天咫尺有层楼。[2]

鳞次薨瓦陶猗屋，林立帆樯欧米舟。[3]

墟落风云自今古，并吞世界别春秋。[4]

澄清谁抱中原略，极目苍茫海日收。[5]

（《观光游草》卷上）

注　释

[1]天峰塔：即天封塔。天封塔，在今宁波市海曙区大沙泥街西端与解放南路交汇处。建于唐武则天"天册万岁"至"万岁登封"年间（695—696），塔名取两个年号始末"天封"二字。　　[2]阔客愁：使诗客的愁绪无边。　　[3]陶猗：古代富商陶朱公（范蠡）和猗顿的并称，后泛指富人。欧米：即欧美。　　[4]别春秋：别开历史之新局。《春秋》，五经之一，为孔子整理的鲁国史书。这里为历史的代名词。　　[5]澄清：即澄清天下，使之变为安定。中原略：对中原的谋略或经略。中原，又称中土、中州，泛指中国。本联下原有小字夹注"港系欧米军舰。中法事急，人心汹汹"。

赏　析

　　这首七律较为特殊，它是日本友人冈千仞在光绪十年来甬登天封塔时写下的诗篇。此诗不但反映了作者对当时处于中法战争期间中国时局的关心和对中国人民的同情，而且也显示了他深厚的中国诗歌功底和修养。全诗所体现出来的精当的用典和措辞、工整的对仗与章法以及苍茫宏阔的意境，无不说明他的律诗创作才华和高超的汉语运用水平。可以说，这首诗颇有唐杜甫《登高》所蕴含的气象，同时也说明中国诗歌对日本影响深远。站在天封塔顶，作者看到的是商贸之地宁波府城的富裕房屋、鳞次栉比的来自欧美的大船和受到第二次鸦片战争蹂躏的宁波面貌的历史变化。在结尾的地方，作者希望中国能有英雄出来经略中原、澄清天下。

释敬安

释敬安（1851—1912），俗名黄读山，字福余，法名敬安，字寄禅，湖南湘潭人。少以孤贫在湖南出家，数年后来宁波阿育王寺，曾剜臂肉燃灯供佛，并烧二指使骈，自号八指头陀。游历江浙各地，后复回湖南，任多家寺庙住持。光绪二十八年（1902），受幻人首座之请任天童寺方丈。辛亥革命后，当选为中华佛教总会会长。平生致力诗文，入"碧湘诗社"，颇有诗名，为近代爱国诗僧。著有《八指头陀诗文集》。

登太白峰绝顶眺海[1]

何处登高豁远眸，振衣直上乱峰头。[2]

青天欲坠云扶住，碧海将枯泪接流。

万里烽烟连凤阙，一时雷雨起龙湫。[3]

河山北望情何极，鲸浪谁能靖五洲？[4]

（《八指头陀诗文集》）

清　八指头陀敬安画像并自赞石刻拓片

注　释

[1]眺海：眺望东海。　　[2]振衣：抖衣去尘，整衣。　　[3]凤阙：汉代官阙名，也是皇宫、朝廷的代称。龙湫：瀑布，上有悬瀑下有深潭，谓之龙湫。　　[4]鲸浪：巨浪，有鲸鱼掀起的惊涛骇浪，此指来自海外的八国联军掀起的战争之浪。

赏　析

　　此诗作于光绪二十九年（1903），前此一年，天童寺幻人首座率领两序班头代表赴长沙礼请敬安法师接任方丈。他即辞上林寺法席至天童寺为住持。身为新住持，敬安法师登上寺旁的太白山，面对清朝末年的政治和军事形势，显示出他对世事的关心和忧虑，抒发了一位诗僧的爱国热情。此诗抑扬顿挫，心潮激荡，可谓一唱三叹。颔联的"青天欲坠"和颈联的"万里烽烟""一时雷雨"指的就是八国联军打入北京，清政府战败而签《辛丑条约》一事。尾联的"五洲"则是专指八国联军。同时，他所说的"云扶住"应指政治改良、废除科举、"江南癸卯"新币的铸造等清末新政，而"泪接流"应指庚子赔款加重人民的负担等事。作者在峰顶"北望"，希望有英雄出世抚剑安天下。

陈得善

陈得善(1855—1908),字福民,号一斋,又号三蕉生,别号南乡子,象山东陈乡人。弱冠入府学,肆力治诗、古文词,购书数千卷,学日进。与周琛隆、钱霖等相互唱和。传世有《石坛山房全集》。

莺啼序 丹城春赛[1]

桃花乱飞巷陌,问春归怎早。喜逢著、丹峤春城,听彻春赛喧闹。[2]记还似、楼高骑驶,奇观俊赏纷年少。蓦神舆东岳,宫前彩旐齐到。[3] 五境安排,木火土水,有龙君先导。[4]肃銮卫、香透提炉,小儿驰马迢报。[5]坐双鞍,遮瑗碟,向人海,憨憨低笑。[6]忽云端,飞落珠龙,露头藏爪。

梨园半部,鼓吹亭开,爱十反竞考。[7]最苦是、吹箫俦侣,裋褐短短,赭汗涔涔,一肩烦恼。[8]忙中戏乐,空中云阁,花枝连蒂临风颤,样翻新、幻出文章巧。[9] 双竿橐橐,行迟蹈险凌虚,怕他捷足须倒。[10] 华灯照彻,万点星明,尽夜游忘晓。暗指点、帘波深处,鬓影眉光,细语莺唇,玉厄娇小。[11] 凭阑下视,潮红波绿,轻鸥闲鸭漂荡处,堕钗声、钏声瑶街悄。[12] 翻嫌孤负良宵,隔日重看,好春便老。[13]

(《石坛山房全集·变雅堂词》)

注　释

[1]丹城:指象山县城。春赛:春时酬谢神灵的祭礼,亦称春祈、迎神赛会。此词作于光绪二十四年(1898),原少结韵,后来续成。　[2]丹峤:丹山,在象山城北。听彻:听到,听见。　[3]神舆:谓载神主的车驾。东岳:指东岳大帝,即泰山神。清倪象占《蓬山清话》卷一一"象山俗有东岳会,云东岳帝生于三月二十八日。前一日,境各赛社,迎神至岳庙祝寿,灯火旗鼓引导之属甚盛"。宫:指东岳宫。彩旄:彩旗。作者后跋自注"行会日,集诸神于东岳宫,谓之上表。既而神舆齐出,仪卫肃然,提炉篆烟,彩帜耀日。平水神銮舆,黄屋一监随侍,俗谓神为夏帝禹,故用王者仪"。　[4]五境:陈得善后跋自注云"城中分东、南、西、北、庄穆五境,俗名赛曰会。……首,东境;次,南境;次,庄穆境;次,西境;次,北境,取五行相生之谊。其后,西境强,辄争先。最后,北境尤强,遂先。西境为定例,诸神遍历五境。惟北神不过南,忌克火也"。龙君:即龙神。陈

得善后跋自注"先一日,龙神清道,俗称扫街龙王"。　　[5]銮卫:指导引神驾的仪仗。提炉:清倪劢辑《象邑夏王庙志》卷上记出巡舆导,有"镴提炉二柄(炉心荷花瓣十二件)"。"小儿"句:陈得善后跋自注云"每境一小儿乘马在前,谓之报马。近增双鞍,一马可坐两儿"。　　[6]嫒嫌:云雾飘拂缭绕的样子。　　[7]亭:指鼓亭。陈得善后跋自注云"乞丐所舁者,曰鼓亭,两人装故事"。十反:即十番鼓,民间器乐合奏乐名。因演奏时轮番用鼓、笛、木鱼等十种乐器,包括管弦乐器和打击乐器,故名。起于明万历时,今仍流行于苏、浙、闽等地。考:敲,击。　　[8]俦侣:伴侣或朋友。袒褐:粗陋布衣。古代多为贫贱者所服。赭汗:面红流汗。泠泠:形容汗不断地流下。[9]空中云阁:指抬阁。抬阁为旧时民间迎神赛会中的一种游艺项目,在木制的四方形小阁里,有两三个小人扮饰戏曲故事中的人物,由别人抬着游行,以增添神明出巡的威仪和光彩。陈得善后跋自注云"是众人共舁一台,曰台阁,上装十余岁儿,或二人,或三四人,为生旦色,取梨园杂剧如《西厢记》《牡丹亭》诸出,横穿侧出,争奇斗巧,望之如仙人临风欲去,雅可观玩"。　　[10]橐橐:坚物相触的声音。这一韵写踩高跷。象山人称高跷为长趏。陈得善后跋自注云"足履高竿,曰高趏,即古人木熙之戏,《列子》所谓双枝属胫者"。凌虚:凌空。[11]帘波:帘影摇曳如水波。莺唇:莺嘴。同樱唇,樱桃小口。形容女子娇美的嘴唇。玉卮:仙女名。明彭大翼《山堂肆考·瑶姬》:"玉卮,王母小女。"　　[12]瑶街:街道的美称。陈得善后跋自注云"赛期在三月二十七日,尽一昼夜,万灯彻晓,历境未遍,虽日出不敢息烛,否则观者辄击碎之。人海泛滥,万头攒簇,升高望之,如群鸥随浪,不能自主,堕钗失履,遗弃满地,偶一俯拾,便成斋泥"。　　[13]翻:同"反",副词,表示转折。孤负:辜负。老:谓晚春。作者后跋自注"轻薄无赖,伪挤入彩队中,翻覆其手,恶作剧,有识者痛恨之。兼以海上多故,尤恐混入暴客。邓明经克晖创议禁绝夜会,于次日补行,外人纷纷指斥,勿动也。后之当事者无为群言所惑可耳"。据此可知,邓克晖创议禁绝夜会,于次日补行,但民众反过来指责此创议乃辜负良宵。

赏 析

陈得善这首《莺啼序》作于光绪二十四年,对象山迎神赛会的仪仗程序、游行演出等事项描绘得非常具体生动,展现了迎神赛会活动的一般仪节与巡游状况。《莺啼序》是词中最长的词调,共分四段。第一段写万众期待的春赛拉开序幕,用听觉"喧闹"、视觉"彩筋齐到"先作渲染。第二段写巡游队伍,依次写仪仗导引、报马、龙神清道,中间将目光聚焦于小儿的表现。第三段写十番鼓演出及抬阁、高跷表演,花样翻新。第四段在尽情夜游中聚焦于一众美女的不同表现:她们身影娇小,或躲在帘波深处,细语莺唇,暗中指点。词人亲临其境,观察细致,现场解说,有声有色。全词用极尽铺张的笔法,绘制了一幅热烈的丹山风俗画。词中所写的鼓亭、抬阁、十番鼓、踩高跷之类,现已成为宁波的非物质文化遗产。

参考文献

A

《安晚堂诗集》,《四明丛书》本

B

《八指头陀诗文集》,岳麓书社1984年版
《白榆集》,《四库全书存目丛书》本
《豹陵集》,《四库未收书辑刊》本

C

《岑参集校注》,上海古籍出版社2004年版
《春草斋集》,《四明丛书》本
《春酒堂诗存》,《四明丛书》本

D

《大俞山房诗稿》,《清代诗文集汇编》本
《丁鹤年诗集》,《四明丛书》本
《东归集》,《五山文学全集》本,日本株式会社思文阁刊本1992年版
《杜曲集》,《四库未收书辑刊》本

F

《丰对楼诗选》,《四库全书存目丛书》本

《佛光国师语录》，日本享保十一年木刻本

《甫里集》，台湾商务印书馆影印文渊阁《四库全书》本

《复庄诗问》，上海古籍出版社 1988 年版

G

光绪《慈溪县志》，《中国地方志集成》本

《攻媿集》，台湾商务印书馆影印文渊阁《四库全书》本

《句余土音》，《全祖望集汇校集注》本，上海古籍出版社 2000 年版

《观光游草》，中华书局 2009 年版

《观乐生诗集》，中国国家图书馆藏明成化刻本

《归田稿》，台湾商务印书馆影印文渊阁《四库全书》本

H

《寒村诗文选》，《四库全书存目丛书》本

J

嘉靖《象山县志》，《天一阁藏明代方志选刊续编》本

《剑南诗稿》，岳麓书社 1998 年版

《江湖风月集译注》，日本禅文化研究所，日本平成十五年初版本

《金台集》，台湾商务印书馆影印文渊阁《四库全书》本

《景迁生集》，台湾商务印书馆影印文渊阁《四库全书》本

K

《开庆四明续志》，台湾商务印书馆影印文渊阁《四库全书》本

《会稽掇英总集》，台湾商务印书馆影印文渊阁《四库全书》本
《会稽续志》，台湾商务印书馆影印文渊阁《四库全书》本

L

《阆风集》，台湾商务印书馆影印文渊阁《四库全书》本
《黎岳集》，台湾商务印书馆影印文渊阁《四库全书》本
《李太白文集》，浙江大学出版社2018年版
《两浙輶轩续录补遗》，清光绪十七年浙江书局刻本
《临川集》，台湾商务印书馆影印文渊阁《四库全书》本
《刘随州集》，台湾商务印书馆影印文渊阁《四库全书》本

M

《鄮峰真隐漫录》，台湾商务印书馆影印文渊阁《四库全书》本
《孟东野诗集》，明嘉靖六年刻本
《梦花楼未删稿》，天一阁藏稿本

N

《南江诗钞》，清嘉庆八年面水层轩刻本
《南雷诗历》，《黄宗羲全集》本，浙江古籍出版社2005年版
《南山黄先生家传集》，《明别集丛刊》本
《倪小野先生全集》，《四库全书存目丛书》本

Q

《乾道四明图经》，《续修四库全书》本
乾隆《鄞县志》，清乾隆五十三年刻本

《仇远集》，浙江大学出版社 2012 年版

《全清词·顺康卷》，中华书局 2002 年版

《全元诗》，中华书局 2013 年版

S

《山中白云词》，中华书局 1983 年版

《剡源集》，清道光二十年《宜稼堂丛书》本

《剡源乡志》，《中国地方志集成·乡镇志专辑》本

《圣宋高僧诗选》，《续修四库全书》本

《石坛山房全集》，《清代诗文集汇编》本

《舒懒堂诗文存》，《四明丛书》本

《书林外集》，《续修四库全书》本

《霜镜集》，《四库禁毁书丛刊》本

《双云堂诗稿》，《四库全书存目丛书》本

《松陵集》，台湾商务印书馆影印文渊阁《四库全书》本

《松梧阁三集》，《四库未收书辑刊》本

《苏学士文集》，清康熙三十七年刻本

T

《唐风集》，明崇祯毛氏汲古阁刻唐人四集本

《唐五代诗全编》，上海古籍出版社 2024 年版

《天一阁集》，《续修四库全书》本

《蜕庵集》，台湾商务印书馆影印文渊阁《四库全书》本

W

《宛陵集》，台湾商务印书馆影印文渊阁《四库全书》本

《万首唐人绝句》，台湾商务印书馆影印文渊阁《四库全书》本

《王文成公全书》，台湾商务印书馆影印文渊阁《四库全书》本

《文山集》，台湾商务印书馆影印文渊阁《四库全书》本

《文献集》，台湾商务印书馆影印文渊阁《四库全书》本

《五磊寺志》，浙江古籍出版社2012年版

X

《晞发集》，台湾商务印书馆影印文渊阁《四库全书》本

《西麓继周集》，《四明丛书》本

《惜香乐府》，台湾商务印书馆影印文渊阁《四库全书》本

《虚斋乐府》，《四部丛刊》三编影宋抄本

《续甬上耆旧诗》，杭州出版社2003年版

《玄英集》，台湾商务印书馆影印文渊阁《四库全书》本

Y

《燕石集》，台湾商务印书馆影印文渊阁《四库全书》本

《烟屿楼诗集》，《续修四库全书》本

《姚江诗录》，民国二十年中华书局仿宋体印永思居校本

《姚江逸诗》，《续修四库全书》本

《叶声闻诗集》，浙江古籍出版社2018年版

雍正《宁波府志》，宁波出版社2014年版

《永乐大典》，中华书局1986年版

《甬上耆旧诗》，台湾商务印书馆影印文渊阁《四库全书》本

《友林乙稿》，台湾商务印书馆影印文渊阁《四库全书》本

《愚囊汇稿》，《四明丛书》本

《羽庭集》，台湾商务印书馆影印文渊阁《四库全书》本

《元诗选》三集，中华书局1987年版

Z

《增广圣宋高僧诗选》，清汲古阁影宋钞本

《张苍水全集》，宁波出版社2002年版

《张承吉文集》，上海古籍出版社1994年版

《芝园定集》，《四库全书存目丛书》本

《止止堂集》，中华书局2001年版

《竹初诗钞》，《续修四库全书》本

《庄简集》，台湾商务印书馆影印文渊阁《四库全书》本

《祖英集》，台湾商务印书馆影印文渊阁《四库全书》本

后　记

　　《四明三千里》精选历代吟咏宁波的诗词一百二十首。本书选录的地理范围以现今行政区划为依据，包括宁波市所辖海曙、鄞州、江北、镇海、北仑、奉化、象山、宁海、余姚、慈溪。时间范围自唐代至清代，作品顺序按朝代及作者生卒年先后编排。文本选择以现存最早的版本或权威版本为先，不加版本校勘说明。

　　全书内容由诗词原作、作者简介、注释和赏析构成，并配相关古代书画作品、文物照片。诗词入选作者简介，以概述其生卒、字号、简历与著述情况为主，兼及本人与宁波的联系或入选作品与宁波的联系。每首诗词后附注释和赏析。注释侧重解读作品涉及的人名、地名、职官、制度、风俗、典故及疑难文字，个别生僻字读音标注汉语拼音，便于读者理解。赏析主要交代作品的写作背景，点评其思想价值、艺术特色及传播效果，简明扼要，突出重点，不求全面。期待读者根据作者简介、注释和赏析内容的导引，理解、阐释这些代表性作品所反映的宁波历史文化特征及人文精神，珍视传统，汲取养分，启发新意，激发活力。

　　本书是集体编纂的成果，由中共浙江省委宣传部统一策划，中共宁波市委宣传部组织实施。主要撰稿人有：张如安、李亮伟、袁志坚、杨成虎、吴雨辰、杨文钰、李必能。张如安承担选目工作，张如安、李亮伟、袁志坚承担统稿审稿工作，刘晓峰承担配图工作，王苏承担编纂联络工作。

  本书得以完成，特别感谢中共宁波市委宣传部的指导、统筹与协调，感谢浙江古籍出版社的大力支持，特别是相关编校人员的辛勤工作。由于时间仓促，本书难免出现疏漏、错误之处，恳请读者批评指正！

本册编写组
2024 年 11 月

图书在版编目（CIP）数据

四明三千里：宁波 / 丛书编写组编 . -- 杭州：浙江古籍出版社，2024.11. --（诗话浙江）. -- ISBN 978-7-5540-3187-2

Ⅰ．I222.72

中国国家版本馆 CIP 数据核字第 2024C5N753 号

诗话浙江
四明三千里
丛书编写组　编

出版发行	浙江古籍出版社
	（杭州市拱墅区环城北路 177 号　电话：0571-85176989）
责任编辑	周　密
责任校对	张顺洁
封面设计	张弥迪
责任印务	楼浩凯
照　　排	浙江大千时代文化传媒有限公司
印　　刷	浙江新华数码印务有限公司
开　　本	880mm×1230mm　1/32
印　　张	9.375
字　　数	202 千字
版　　次	2024 年 11 月第 1 版
印　　次	2024 年 11 月第 1 次印刷
书　　号	ISBN 978-7-5540-3187-2
定　　价	52.00 元

如发现印装质量问题，影响阅读，请与本社印制部联系调换。